历代笔记小说大观

冷斋夜话
梁溪漫志

[宋] 惠洪 费衮 撰

李保民 金圆 校点

图书在版编目(CIP)数据

冷斋夜话　梁溪漫志 /（宋）惠洪　费衮撰；李保民　金圆
校点. —上海：上海古籍出版社，2012.12(2023.8 重印)
（历代笔记小说大观）
ISBN 978 - 7 - 5325 - 6329 - 6

Ⅰ.①冷… ②梁… Ⅱ.①惠… ②费… ③李… ④金
… Ⅲ.①笔记小说-小说集-中国-宋代　Ⅳ.
①I242.1

中国版本图书馆 CIP 数据核字(2012)第 045016 号

历代笔记小说大观

冷斋夜话　梁溪漫志

[宋]惠洪　费衮　撰

李保民　金圆　校点

上海古籍出版社出版发行

(上海市闵行区号景路 159 弄 1 - 5 号 A 座 5F　邮政编码 201101)

(1) 网址：www. guji. com. cn

(2) E-mail：guji1@guji. com. cn

(3) 易文网网址：www. ewen. co

常熟文化印刷有限公司印刷

开本 635×965　1/16　印张 10.25　插页 2　字数 140,000

2012 年 12 月第 1 版　2023 年 8 月第 2 次印刷

印数：2,101—3,200

ISBN 978 - 7 - 5325 - 6329 - 6

I·2483　定价：25.00 元

如有质量问题,请与承印公司联系

总　目

冷 斋 夜 话

［宋］惠　洪　撰
　　李保民　校点

校 点 说 明

《冷斋夜话》十卷，北宋僧人惠洪撰。惠洪俗家姓彭，自称觉范道人，筠州（今属江西高安）人。幼年父母双亡，出家为僧。徽宗政和元年(1111)，右相张商英得罪被贬，惠洪受牵连，流放海南崖州。翌年遇赦，不久又坐事被诬入狱。约在建炎二年(1128)间死去。

惠洪与黄庭坚过从甚密，对其推崇备至，又好谈诗，故本书论诗十居七八，且多引黄庭坚语，并涉及司马光、苏轼、王安石、秦观等人。作者能诗，故所言多有可采之处。书中还记载了不少杂事，如卷八记石曼卿因马伏驭马失控堕地，以石学士、瓦学士的戏谑语言为之解嘲；卷九记张丞相好草书，书后连自己也不识，反而责怪他人"胡不早问"等，均可见当时文人官僚的生活习俗。

自宋晁公武《郡斋读书志》起，历代书目几乎都将本书归入小说家类，这是很有见地的。《四库全书总目提要》在肯定了本书"诗论实多中理解"的同时，又指责书中部分内容有伪造假托的嫌疑，这是误将笔记小说当作史家实录看待了。

《冷斋夜话》在宋代已有六卷本、十卷本刊刻，今皆不传。目前通行的有《稗海》本、《津逮秘书》本，以及《学津讨源》本，都作十卷。然书中标题每与内容抵牾，时乖本事。

这次校点，以《津逮秘书》本为底本，参校《稗海》本、《学津讨原》本，并参考了《诗话总龟》、《苕溪渔隐丛话》中的相关条目。遇有异文，择善而从，不出校记。对书中存在的标题与内容不符之处，在没有更好的古本可供校改的情况下，暂仍其旧。

目　　录

卷九

卷十

卷一

江神嗜黄鲁直书韦诗

王荣老尝官于观州，欲渡观江，七日风作不得济。父老曰："公箧中必蓄宝物。此江神极灵，当献之得济。"荣老顾无所有，惟玉麈尾，即以献之，风如故；又以端砚献之，风愈作；又以宣包虎帐献之，皆不验。夜卧念曰：有黄鲁直草书扇头，题韦应物诗曰："独怜幽草涧边生，上有黄鹂深树鸣。春潮带雨晚来急，野渡无人舟自横。"即取视之，恍恍之际，曰："我犹不识，鬼宁识之乎？"持以献之。香火未收，天水相照，如两镜展对。南风徐来，帆一饷而济。予观江神必元祐迁客之鬼，不然何嗜之深邪？

秦少游作东坡笔语题壁

东坡初未识秦少游，少游知其将复过维扬，作坡笔语题壁于一山中寺。东坡果不能辨，大惊。及见孙莘老，出少游诗词数百篇，读之，乃叹曰："向书壁者，岂此郎邪！"

罗汉第五尊失队

予往临川景德寺，与谢无逸辈升阁，得禅月所画十八应真像甚奇，而失第五轴。予口占嘲之曰："十八应闻解唾根，少丛罗汉乱山门。不知何处进斋去，未见云堂第五尊。"明日，有女子来拜，叙曰："儿南营兵妻也，寡而食素，夜梦一僧来，言曰：'我本景德僧，因行失队，烦相引归寺，可乎？'既觉，而邻家要饭，入其门，壁间有画僧，形状了然梦所见也。"时朱世英守临川，异之，使迎还，为阁藏之。予方少年时，罗汉且畏予嘲；及其老也，如梵吉者亦见侮，可怪也。

东坡梦铭红靴

东坡倅钱塘日，梦神宗召入禁，宫女环侍，一红衣女捧红靴一双，命轼铭之。觉而记其中一联云："寒女之丝，铢积寸累。天步所临，云蒸雷起。"既毕，进御，上极叹其敏。使宫女送出，睇视裙带间有六言诗一首，曰："百叠漪漪水皱，六铢缝缝云轻。植立含风广殿，微闻环珮摇声。"

诗　出　本　处

东坡作《海棠》诗曰："只恐夜深花睡去，更烧银烛照红妆。"事见《太真外传》，曰："上皇登沉香亭，诏太真妃子。妃子时卯醉未醒，命力士从侍儿扶掖而至。妃子醉颜残妆，鬓乱钗横，不能再拜，上皇笑曰：'岂是妃子醉，真海棠睡未足耳。'"作《尼童》诗曰："应将白练作仙衣，不许红膏污天质。"事见则天长寿二年诏书，曰："应天下尼童，用细白练为衣。"作《橄榄》诗曰："待得微甘回齿颊，已输崖蜜十分甜。"事见《鬼谷子》，曰："照夜青，萤也；百花酿，蜜也；崖蜜，樱桃也。"作《赠举子》诗曰："平生万事足，所欠惟一死。"事见梁僧史，曰："世祖宴东府，王公毕集，诏跋陀罗至。跋陀罗幡然清瘦，世祖望见，谓谢庄曰：'摩诃衍有机辩，当戏之。'跋陀趋外陛，世祖曰：'摩诃衍不负远来，惟有一死在。'即应声曰：'贫道客食陛下三十载，恩德厚矣，无所欠，所欠者，惟一死耳。'"李太白诗曰："昔作芙蓉花，今为断肠草。以色事他人，能得几时好？"陶弘景仙方注曰："断肠草，不可食，其花美好，名芙蓉花。"

宋神宗诏禁中不得牧貒貀因悟太祖远略

陈莹中为予言：神宗皇帝一日行后苑，见牧貒貀者，问何所用，牧者对曰："自祖宗以来,长令畜之。自稚养以至大,则杀之,又养稚者。前朝不敢易,亦不知果安用?"神宗沉思久之,诏付所司:禁中自今不得复畜。数月,卫士忽获妖人,急欲血浇之,禁中卒不能致。神宗方悟太祖远略亦及此。

东坡南迁朝云随侍作诗以佳之

东坡南迁,侍儿王朝云者请从行。东坡佳之,作诗,有序曰:"世谓乐天有《鬻骆马放杨枝词》,佳其主老病不忍去也。然梦得诗曰:'春尽絮飞留不得,随风好去落谁家。'乐天亦云:'病与乐天相共住,春同樊素一时归。'则是樊素竟去也。予家有数姬,四五年相继辞去,独朝云随予南迁。因读乐天诗,戏作此赠之。"云:"不学杨枝别乐天,且同通德伴伶玄。伯仁络秀不同老,天女维摩总解禅。经卷药炉新活计,舞裙歌板旧因缘。丹成随我三山去,不作巫阳云雨仙。"盖绍圣元年十一月也。三年七月十五日,朝云卒,葬于栖禅寺松林中,直大圣塔。又和诗曰:"苗而不秀岂其天,不使童乌与我玄。驻景恨无千岁药,赠行惟有小乘禅。伤心一念偿前债,弹指三生断后缘。归卧竹根无远近,夜灯勤礼塔中仙。"又作《梅花》词曰"玉骨那愁瘴雾"者,其寓意为朝云作也。秦少游曰:"唐诗《闺怨》词曰:'绣阁开金锁,银台点夜灯。长征君自惯,独卧妾何曾。'此正语病之著者,而选诗自谓精之,果精乎?"参寥子曰:"林下人好言诗,才见诵贯休、齐己诗,便不必问。"

东坡书壁

前辈访人不遇,皆不书壁。东坡作行,不肯书牌,其特地止书壁耳。候人未至,则扫墨竹。

古人贵识其真

东坡每曰:古人所贵者,贵其真。陶渊明耻为五斗米屈于乡里小儿,弃官去,归久之,复游城郭,偶有羡于华轩。汉高帝临大事,铸印销印,甚于儿戏,然其正直明白,照映千古,想见其为人。问士大夫萧何何以知韩信? 竟未有答之者。

东坡得陶渊明之遗意

东坡尝曰:渊明诗初看若散缓,熟看有奇趣。如"日暮巾柴车,路暗光已夕。归人望烟火,稚子候檐隙。"又曰:"采菊东篱下,悠然见南山。"又:"霭霭远人村,依依墟里烟。犬吠深巷中,鸡鸣桑树颠。"大率才高意远,则所寓得其妙,造语精到之至,遂能如此。似大匠运斤,不见斧凿之痕。不知者困疲精力,至死不之悟,而俗人亦谓之佳。如曰:"一千里色中秋月,十万军声半夜潮。"又曰:"蝴蝶梦中家万里,子规枝上月三更。"又曰:"深秋帘幕千家雨,落日楼台一笛风。"皆如寒乞相,一览便尽,初如秀整,熟视无神气,以其字露也。东坡作对则不然,如曰"山中老宿依然在,案上《楞严》已不看"之类,更无龃龉之态。细味对甚的,而字不露,此其得渊明之遗意耳。

凤翔壁上题诗

东坡曰:予少官凤翔,行山求邸,见壁间有诗曰:"人间无漏仙,兀兀三杯醉。世上没眼禅,昏昏一觉睡。虽然没交涉,其奈略相似。相似尚如此,何况真个是。"故其海上作《浊醪有妙理赋》曰:"尝因既醉之适,方识人心之正。"然此老言"人心之正",如孟子言性善,何以异哉!

卢　　橘

东坡诗曰:"客来茶罢空无有,卢橘微黄尚带酸。"张嘉甫曰:"卢橘何种果类?"答曰:"枇杷是矣。"又问:"何以验之?"答曰:"事见相如赋。"嘉甫曰:"卢橘夏熟,黄甘橙榛,枇杷橪柿,亭奈厚朴。卢橘果枇杷,则赋不应四句重用。应劭注曰:'《伊尹书》曰:箕山之东,青鸟之所,有卢橘,常夏熟。'不据依之,何也?"东坡笑曰:"意不欲耳。"

东坡论文与可诗

东坡尝对欧公诵文与可诗曰:"美人却扇坐,羞落庭下花。"欧公笑曰:"与可无此句,与可拾得耳。"世徒知与可扫墨竹,不知其高才兼诸家之妙,诗尤精绝。戏作《鹭鸶》诗曰:"颈细银钩浅曲,脚高绿玉深翘。岸上水禽无数,有谁似汝风标。"

的　　对

东坡曰:世间之物,未有无对者,皆自然生成之象。虽文字之语,但学者不思耳。如因事,当时为之语曰"刘蕡下第,我辈登科",则其前有"雍齿且侯,吾属何患"。太宗曰"我见魏徵常媚妩",则德宗乃曰"人言卢杞是奸邪"。

东坡留题姜唐佐扇杨道士息轩姜秀郎几间

东坡在儋耳,有姜唐佐从乞诗。唐佐,朱崖人,亦书生。东坡借其手中扇,大书其上曰:"沧海何曾断地脉,朱崖从此破天荒。"又《书司命宫杨道士息轩》曰:"无事此静坐,一日是两日。若活七十年,便是百四十。黄金不可成,白发日夜出。开眼三十秋,速于驹过隙。是故东坡老,贵汝一念息。时来登此轩,望见过海席。家山归未得,题诗寄屋壁。"又尝醉插茉莉,嚼槟榔,戏书姜秀郎几间曰:"暗麝著人簪茉莉,红潮登颊醉槟榔。"其超放如此。

换骨夺胎法

山谷云:"诗意无穷,而人之才有限。以有限之才,追无穷之意,虽渊明、少陵，不得工也。然不易其意而造其语，谓之换骨法；窥入其意而形容之，谓之夺胎法。如郑谷《十日菊》曰：'自缘今日人心别，未必秋香一夜衰。'此意甚佳，而病在气不长；西汉文章雄深雅健者，其气长故也。曾子固曰：'诗当使人一览语尽而意有余，乃古人用心处。'所以荆公《菊》诗曰：'千花万卉雕零后，始见闲人把一枝。'东坡则曰：'万事到头终是梦，休！休！休！明日黄花蝶也愁。'又如李翰林诗曰：'鸟飞不尽暮天碧。'又曰：'青天尽处没孤鸿。'然其病如前所论。"山谷作《登达观台》诗曰："瘦藤拄到风烟上，乞与游人眼界开。不知眼界阔多少，白鸟去尽青天回。"凡此之类，皆换骨法也。顾况诗曰："一别二十年，人堪几回别。"其诗简拔而立意精确。舒王作《与故人》诗云："一日君家把酒杯，六年波浪与尘埃。不知乌石江边路，到老相逢得几回。"乐天诗曰："临风杪秋树，对酒长年身。醉貌如霜叶，虽红不是春。"东坡《南中作》诗云："儿童误喜朱颜在，一笑那知是醉红。"凡此之类，皆夺胎法也。学者不可不知。

诗 用 方 言

诗人多用方言。南人谓象牙为白暗，犀为黑暗，故老杜诗曰："黑暗通蛮货。"又谓睡美为黑甜，饮酒为软饱，故东坡诗曰："三杯软饱后，一枕黑甜余。"

老 妪 解 诗

白乐天每作诗，令一老妪解之，问曰："解否?"妪曰解，则录之；不解，则易之。故唐末之诗近于鄙俚。

采 石 渡 鬼

欧阳文忠公庆历末宿采石，舟人甫睡，潮至月黑，公方就寝，微闻呼声曰："去未?"舟尾有答者曰："有参政船宿此，不可擅去，斋料幸为携至。"五鼓，岸上腊腊驰骤声，舟尾者呼曰："斋料幸见还。"有且行且答者曰："道场不清净，无所得。"公异之。后游金山，与长老瑞新语，新曰："某夜建水陆，有施主携室至，忽乳一子，俄觉腥风灭烛，大众恐。"使人问其时，公宿采石之夜。其后蔡州求退之锐者，亦其前知然耶？时公自参知政事除蔡州。黄鲁直熙宁初宿石塘寺，寺有鬼灵异，僧敬信之。一夕梦曰："分宁黄刑部至。"僧曰："侍郎乎，尚书乎？"曰："侍郎也。"鲁直南迁已六十，亲故忧其祸大，又南方瘴雾，非菜肚老人所宜。鲁直笑曰："宜州者，所以宜人也。且石塘鬼侍郎之言，岂欺我哉！"鲁直竟殁于宜州。较采石之鬼，何愚智相去三十里。岂鲁直痴绝，故欺之耶？

李后主亡国偈

宋太祖将问罪江南，李后主用谋臣计，欲拒王师。法眼禅师观牡丹于大内，因作偈讽之曰："拥毳对芳丛，由来趣不同。发从今日白，花似去年红。艳曳随朝露，馨香逐晚风。何须待零落，然后始知空。"后主不省，王师旋渡江。

卷二

韩欧范苏嗜诗

韩魏公罢政判北京，作《园中行》诗："风定晓枝蝴蝶闹，雨匀春圃桔槔闲。"又尝谓意趣所见，多见于嗜好。欧阳文忠喜士，为天下第一，尝好诵孔北海"坐上客常满，樽中酒不空"。范文正公清严，而喜论兵，尝好诵韦苏州诗"兵卫森画戟，燕寝凝清香"。东坡友爱子由，而性嗜清境，每诵"何时风雨夜，复此对床眠"。山谷寄傲士林，而意趣不忘江湖，其作诗曰："九陌黄尘乌帽底，五湖春水白鸥前。"又曰："九衢尘土乌靴底，想见沧洲白鸟双。"又曰："梦作白鸥去，江湖水贴天。"又作《演雅》诗曰："江南野水碧于天，中有白鸥似我闲。"

陈无己挽诗

予问山谷："今之诗人，谁为冠?"曰："无出陈师道无己。"问："其佳句如何?"曰："吾见其作温公挽词一联，便知其才不可敌。曰：'政虽随日化，身已要人扶。'"

洪驹父评诗之误

洪驹父曰："柳子厚诗曰：'欸乃一声山水绿。'欸音奥，而世俗乃分欸乃为二字，误矣。如老杜诗曰：'雨脚泥滑滑。'世俗为'两脚泥滑滑'。王元之诗曰：'春残叶密花枝少，睡起茶亲酒盏疏。'世以为'睡起茶多酒盏疏'。多此类。"

留食戏语大笑喷饭

予与李德修、游公义过一新贵人,贵人留食。予三人者,皆以左手举箸,贵人曰:"公等皆左转也。"予遂应声曰:"我辈自应须左转,知君岂是背匙人。"一座大笑,喷饭满案。

欧阳黄牛庙东坡钱塘诗

欧阳公《黄牛庙》诗曰:"石马系祠门。"东坡《钱塘》诗曰:"我识南屏金鲫鱼。"二句皆似童稚语,然一时之事。欧阳尝梦至一神祠,祠有石马缺左耳。及谪夷陵,过黄牛庙,所见如梦。西湖南屏山兴教寺池有鲫十余尾,金色,道人斋余,争倚槛投饼饵为戏。东坡习西湖久,故寓于诗词耳。

古乐府前辈多用其句

予尝馆州南客邸,见所谓尝卖者,破箧中有诗编写本,字多漫灭,皆晋简文帝时名公卿,而诗语工甚。有古意乐府曰"绣幕围香风,耳节朱丝桐。不知理何事,浅立经营中。护惜加穷裤,堤防托守宫。今日牛羊上丘垅,当时近前面发红"云云。前辈多全用其句,老杜曰:"意象惨淡经营中。"李长吉曰:"罗帏绣幕围春风。"山谷曰:"牛羊今日上丘垅,当时近前左右瞋。"予见鲁直,未得此书。穷裤,汉时语也,今裆裤是也。

雷轰荐福碑

范文正公镇鄱阳,有书生献诗甚工,文正礼之。书生自言天下之至寒饿者,无在某右。时盛行欧阳率更书,《荐福寺碑》墨本直千钱。文正为具纸墨,打千本,使售于京师。纸墨已具,一夕,雷击碎其碑。

故时人为之语曰："有客打碑来荐福，无人骑鹤上扬州。"东坡作《穷措大》诗曰："一夕雷轰荐福碑。"

立春王禹玉口占一绝

欧公、王禹玉俱在翰苑，立春日当进诗贴子。会温成皇后薨，阁虚不进，有旨亦令进。欧公经营中，禹玉口占便写，曰："昔闻海上有三山，烟锁楼台日月闲。花似玉容长不老，只应春色胜人间。"欧公喜其敏速。禹玉，欧公门生也，而同局，近世盛事。其诗略曰"当年叨入武成宫，曾看挥毫气吐虹。梦寐闲思十年事，笑谈今此一樽同。喜君新赐黄金带，顾我今为白发翁"云云。

稚　子

老杜诗曰："竹根稚子无人见，沙上凫雏并母眠。"世或不解"稚子无人见"何等语。唐人《食笋》诗曰："稚子脱锦裯，骈头玉香滑。"则稚子为笋明矣。赞宁《杂志》曰："竹根有鼠大如猫，其色类竹，名竹豚，亦名稚子。"予问韩子苍，子苍曰："笋名稚子，老杜之意也，不用《食笋》诗亦可耳。"

老杜刘禹锡白居易诗言妃子死

老杜《北征》诗曰："唯昔艰难初，事与前世别。不闻夏商衰，终自诛褒妲。"意者，明皇鉴夏、商之败，畏天悔过，赐妃子死也。而刘禹锡《马嵬》诗曰："官军诛佞幸，天子舍夭姬。群吏伏门屏，贵人牵帝衣。"白乐天《长恨》词曰："六军不发争奈何，宛转蛾眉马前死。"乃是官军迫使杀妃子，歌咏禄山叛逆耳。孰谓刘、白能诗哉！其去老杜何啻九牛毛耶？《北征》诗识君臣之大体，忠义之气与秋色争高，可贵也。

馆中夜谈韩退之诗

沈存中、吕惠卿吉甫、王存正仲、李常公泽,治平中在馆中夜谈诗,存中曰:"退之诗,押韵之文耳,虽健美富赡,然终不是诗。"吉甫曰:"诗正当如是,吾谓诗人亦未有如退之者。"正仲是存中,公泽是吉甫,于是四人者相交攻,久不决。公泽正色谓正仲曰:"君子群而不党,公独党存中。"正仲怒曰:"我所见如此,偶因存中便谓之党,则君非党吉甫乎?"一坐大笑。予尝熟味退之诗,真出自然,其用事深密,高出老杜之上。如《符读书城南》诗"少长聚嬉戏,不殊同队鱼",又"脑脂盖眼卧壮士,大招挂壁何由弯",皆自然也。襄阳魏泰曰:"韩退之诗曰:'剥苔吊斑林,角黍饵沉冢。'竹非墨点之斑也。楚竹初生,藓封之,土人斫之,浸水中,洗去藓,故藓痕成紫晕耳。"

昭州崇宁寺观音竹永州澹山狐

邹志完南迁,自号道乡居士。在昭州江上为居室,近崇宁寺。因阅《华严经》于观音像前,有修竹三根生像之后,志完揭茅出之,不可,乃垂枝覆像,有如今世画宝陀山岩竹,今犹在。昭人扃锁之,以俟过客游观。比还,过永州澹山岩,岩有驯狐,凡贵客至则鸣。志完将至,而狐辄鸣。寺僧出迎,志完怪之,僧以狐鸣为对。志完作诗曰:"我入幽岩亦偶然,初无消息与人传。驯狐戏学仙伽客,一夜飞鸣报老禅。"

僧赋蒸豚诗

王中令既平蜀,捕逐余寇,与部队相远,饥甚,入一村寺中。主僧醉甚,箕踞。公怒,欲斩之,僧应对不惧。公奇而赦之,问求蔬食,僧曰:"有肉无蔬。"公益奇之。馈之以蒸猪头,食之甚美,公喜问:"僧止能饮酒食肉耶?为有他技也?"僧自言能为诗,公令赋食蒸豚诗,操笔立成,曰:"嘴长毛短浅含膘,久向山中食药苗。蒸处已将蕉叶裹,熟时兼用杏浆浇。红鲜雅称金盘荐,软熟真堪玉箸挑。共把膻根来比并,膻根只合吃藤条。"公大喜,与紫衣师号。东坡元祐初见公之玄孙讷,夜话及此,为记之。

王平甫梦至灵芝宫

王平甫熙宁癸丑岁,直宿崇文馆,梦有人挟之至海上。见海中央宫殿甚盛,其中作乐,笙箫鼓吹之伎甚众,题其宫曰"灵芝宫"。平甫欲与俱往,有人在宫侧,谓曰:"时未至,且令去,他日当迎之。"至此恍然梦觉,时禁中已钟鸣。平甫颇自负不凡,为诗记之曰:"万顷波涛木叶飞,笙歌宫殿号灵芝。挥毫不似人间世,长乐钟来梦觉时。"

安世高请福郏亭庙秦少游宿此梦天女求赞

安世高者,安息国王之嫡子也,为沙门。汉桓帝建和初至长安,灵帝末关中大乱,谓人曰:"我有道伴在江南,当往省之。"人曰:"游宦乎,沙门乎?"曰:"以嗔故为神,然吾亦往广州偿债耳。"世高舟次庐山郏亭湖庙下,庙甚灵,能分风送往来之舟。世高舟人捧牲请福,神辄降曰:"舟有沙门,乃不俱来耶!"世高闻之,为至庙下。神复语曰:"我果以多嗔至此业,今家此湖,千里皆所辖,以虽嗔而好施,故多宝玩。以缣千匹黄白物付君,为建佛寺为冥福。"今洪州大安寺是也。秦少游南迁,宿庙下,登岸纵望,久之,归卧舟中。闻风声,侧枕视,微波月影纵横,追忆昔尝宿云老惜竹轩,见西湖月色如此。遂梦美人,自言维摩诘散花天女也,以维摩诘像来求赞。少游爱其画,默念曰:非道子不能作此。天女以诗戏少游曰:"不知水宿分风浦,何似秋眠惜竹轩。闻道诗词妙天下,庐山对眼可无言。"少游梦中题其像曰:"竺仪华梦,瘴面囚首,口虽不言,十分似九。天笑覆大千作狮子吼,不如博取妙喜如陶家手。"予过雷州天宁,与戒禅夜话,问少游字画。戒出此传为示,少游笔迹也。

卷三

诸葛亮刘伶陶潜李令伯文如肺腑中流出

李格非善论文章,尝曰:"诸葛孔明《出师表》,刘伶《酒德颂》,陶渊明《归去来辞》,李令伯《陈情表》,皆沛然从肺腑中流出,殊不见斧凿痕。是数君子,在后汉之末、两晋之间,初未尝以文章名世,而其意超迈如此。吾是知文章以气为主,气以诚为主。"故老杜谓之诗史者,其大过人在诚实耳。诚实著见,学者多不晓。如玉川子《归醉》诗曰:"昨夜村饮归,健倒三四五。摩挲青莓苔,莫嗔惊着汝。"王荆公用其意,作《扇子》诗曰:"玉斧修成宝月团,月边仍有女乘鸾。青冥风露非人世,鬓乱钗横特地寒。"

池塘生春草

舒公云:"'池塘生春草,园柳变鸣禽'之句,谓有神助,其妙意不可以言传。"而古今文士多从而称之,谓之确论。独李元膺曰:"予反覆观此句,未有过人处,不知舒公何从见其妙?"盖古今佳句在此一联之上者尚多。古之人意有所至,则见于情,诗句盖其寓也。谢公平生喜见惠连,梦中得之,盖当论其情意,不当泥其句也。如谢东山喜见华峀,羊叔子喜见邹湛,王述喜见坦之,皆其情意所至,不可名状,特无诗句耳。

诗说烟波缥缈处

予自并州还故里,馆延福寺。寺前有小溪,风物类斜川,予儿童时戏剧处也。尝春深独行溪上,作小诗曰:"小溪倚春涨,攘我钓月湾。新晴为不平,约束晚见还。银梭时拨刺,破碎波中山。整约背落中,一叶软红间。"又尝暮寒归见白鸟,作诗曰:"剩水残山惨淡间,白鸥无事钓舟闲。个中着我添图画,便似华亭落照湾。"鲁直谓予曰:"观君诗说烟波缥缈处,如陆忠州论国政,字字坦夷。前身非篙师、沙户种类耶?"有诗,其略曰:"吾年六十子方半,槁项螺巅度岁年。脱却袆衣着蓑笠,来佐涪翁刺钓船。"予尝对渊材诵之,渊材曰:"此退之赠澄观'我欲收敛加冠巾'换骨句也。"

山谷集句贵拙速不贵巧迟

集句诗,山谷谓之百家衣体,其法贵拙速,而不贵巧迟。如前辈曰"晴湖胜镜碧,衰柳似金黄",又曰"事治闲景象,摩挲白髭须",又曰"古瓦磨为砚,闲砧坐当床",人以为巧,然皆疲费精力,积日月而后成,不足贵也。

东坡美谪仙句语作赞

"晓披云梦泽,笠钓青茫茫。"又曰:"暮骑紫云去,海气侵肌凉。"东坡曰:"此语非李太白不能道也。"尝作赞曰:"天人几何同一沤,谪仙非谪乃其游。挥斥八极隘九州,化为两鸟鸣相酬,一鸣一止三千秋。开元有道为少留,縻之不可矧肯求。东望太白横峨岷,眼高四海空无人。大儿汾阳中令君,小儿天台坐忘身。生平不识高将军,手污吾足乃敢嗔,作诗大笑君应闻。"

韦苏州寄全椒道人诗

东坡曰:"罗浮有野人,山中隐者或见之,相传葛稚川之隶也。有邓道士者,尝见其足迹。"予偶读韦苏州诗《寄全椒道士》云:"今朝郡斋冷,忽念山中客。涧底束荆薪,归来煮白石。遥持一樽酒,远慰风雨夕。落叶满空山,何处寻行迹。"味其风度,则全椒道士亦邓君之流乎？因以酒往问，依苏州韵作诗寄之曰："一杯罗浮春，远饷采薇客。遥知独酌罢，醉卧松下石。幽人不可见，清啸闻月夕。聊戏庵中人，飞空本无迹。"

棋　隐　语

舒王在钟山，有道士求谒，因与棋，辄作数语曰："彼亦不敢先，此亦不敢先。惟其不敢先，是以无所争。惟其无所争，故能入于不死不生。"舒王笑曰："此特棋隐语也。"

李元膺丧妻长短句

许彦周曰：李元膺作南京教官，丧妻，作长短句曰："去年相逢深院宇，海棠下，曾歌《金缕》。歌罢花如雨。翠罗衫上，点点红无数。
今岁重寻携手处，物是人非春莫。回首青门路。乱红飞絮，相逐东风去。"李元膺寻亦卒。

秦国大长公主挽词

秦国大长公主薨，神考赐挽词三首曰："海阔三山路，香轮定不归。帐深空翡翠，珮冷失珠玑。明月留歌扇，残霞散舞衣。都门送车返，宿草自春菲。"又曰："晓发城西道，灵车望更遥。春风空鲁馆，明月断秦箫。尘入罗衣暗，香随玉篆销。芳魂飞北渚，那复可为招。"又曰："庆自天源发，恩从国爱申。歌钟虽在馆，桃李不成春。水折空还沁，楼高已隔秦。区区会稽市，无复献珠人。"元丰初，臣魏泰载之于《诗话》中，虽穆王《黄竹》、汉高《大风》之词，莫可拟其仿佛。噫！岂特前代帝王，盖古今词章之工者，无此作也。

荆公钟山东坡余杭诗

山谷云："天下清景，初不择贤愚而与之遇，然吾特疑端为我辈设。荆公在钟山定林，与客夜对，偶作诗曰：'残生伤性老耽书，年少东来复起予。夜据槁梧同不寐，偶然闻雨落阶除。'东坡宿余杭山寺，赠僧曰：'暮鼓朝钟自击撞，闭门欹枕有残缸。白灰旋拨通红火，卧听萧萧雪打窗。'"人以山谷之言为确论。

少游鲁直被谪作诗

少游调雷，凄怆，有诗曰："南土四时都热，愁人日夜俱长。安得此身如石，一时忘了家乡。"鲁直谪宜，殊坦夷，作诗云："老色日上面，欢情日去心。今既不如昔，后当不如今。""轻纱一幅巾，短簟六尺床。无客白日静，有风终夕凉。"少游钟情，故其诗酸楚；鲁直学道休歇，故其诗闲暇。至于东坡《南中》诗曰："平生万事足，所欠惟一死。"则英特迈往之气，不受梦幻折困，可畏而仰哉！

活 人 手 段

司马温公童稚时，与群儿戏于庭。庭有大瓮，一儿登之，偶堕瓮水中，群儿皆弃去，公则以石击瓮，水因穴而进，儿得不死。盖其活人手段已见于龆龀中，至今京洛间多为《小儿击瓮图》。

诗 未 易 识

唐诗有"竹径通幽处，禅房花木深"之句，欧阳文忠公爱之，每以语客曰："古人工为发端，心虽晓之，而才莫逮。欲仿此为一联，终莫之能。"以文忠公之才而谓不能，诗盖未易识也。

卷四

诗话妄易句法之病

司马温公诗话曰：魏野诗云："烧叶炉中无宿火，读书窗下有残灯。"而俗人易"叶"为"药"，不止不佳，亦和下句无气味。鲁直曰：老杜诗云："黄独无苗山雪盛。""黄独"者，芋魁小者耳，江南名曰土卵，两川多食之，而俗人易曰"黄精"。子美流离，亦未有道人剑客食黄精也。如渊明曰："采菊东篱下，悠然见南山。"其浑成风味，句法如生成。而俗人易曰"望南山"，一字之差，遂失古人情状，学者不可不知也。

五言四句诗得于天趣

吾弟超然喜论诗，其为人纯至有风味，尝曰："陈叔宝绝无肺肠，然诗语有警绝者，如曰：'午醉醒未晚，无人梦自惊。夕阳如有意，偏傍小窗明。'王维摩诘《中山》诗曰：'溪清白石出，天寒红叶稀。山路元无雨，空翠湿人衣。'舒王《百家夜休》曰：'相看不忍发，惨澹暮潮平。欲别更携手，月明洲渚生。'此皆得于天趣。"予问之曰："句法固佳，然何以识其天趣？"超然曰："能言萧何所以识韩信，则天趣可言。"予竟不能诘，叹曰："微超然，谁知之！"

梦 中 作 诗

崇宁元年元日，粥罢昏睡，梦中忽作一诗，既觉辄能记之，曰："无赖东风试怒号，共乘一叶傲惊涛。不知两岸人皆愕，但觉中流笑语高。"三月七日，偶与莹中济湘江，是日大风，当断渡，而莹中必欲宿道林,小舟掀舞向浪中,两岸聚观胆落,而莹中笑声愈高。予绅绎梦中诗以语莹中,莹中云:"此段公案,三十年后大行丛林也。"

西　昆　体

诗到李义山,谓之文章一厄。以其用事僻涩,时称西昆体。然荆公晚年,亦或喜之,而字字有根蒂。如作《雪》诗曰:"借问火城将策探,何如云屋听窗知。"又曰:"未爱京师传谷口,但知乡里胜壶头。"其用事琢句,前辈无相犯者。昔李师中作《送唐介谪官》诗曰"去国一身轻似叶,高名千古重于山。并游英俊颜何厚,未死奸谀骨已寒"云云。已而,闻介赴月首上官,李大敬,以书索其诗。唐公笑曰:"吾正不用此无对属落韵诗。"遂以还之。李大敬,久之乃悟"一身"、"千古"非挟对,与荆公措意异矣。

诗比美女美丈夫

前辈作花诗,多用美女比其状,如曰:"若教解语应倾国,任是无情也动人。"诚然哉。山谷作《酴醾》诗曰:"露湿何郎试汤饼,日烘荀令炷炉香。"乃用美丈夫比之,特若出类。而吾叔渊材作《海棠》诗又不然,曰:"雨过温泉浴妃子,露浓汤饼试何郎。"意尤工也。

道潜作诗追法渊明乃十四字师号

道潜作诗,追法渊明,其语逼真处,曰:"数声柔橹苍茫外,何处江村人夜归?"又曰:"隔林仿佛闻机杼,知有人家住翠微。"时从东坡在黄州,京师士大夫以书抵坡曰:"闻公与诗僧相从,岂非'隔林仿佛闻机杼'者乎? 真东山胜游也!"坡以书示潜,诵前句,笑曰:"此吾师十四字师号耳。"

元 章 瀑 布 诗

米芾元章豪放，戏谑有味，士大夫多能言其作止。有书名，尝大字书曰："吾有《瀑布》诗，古今赛不得。最好是'一条界破青山色'。"人固以怪之，其后题云："苏子瞻曰：'此是白乐天奴子诗。'"见者莫不大笑。

诗 句 含 蓄

诗有句含蓄者，如老杜曰"勋业频看镜，行藏独倚楼"，郑云叟曰"相看临远水，独自上孤舟"是也。有意含蓄者，如《宫词》曰"银烛秋光冷画屏，轻罗小扇扑流萤。天街夜色凉于水，卧看牵牛织女星"，又《嘲人》诗"怪来妆阁闭，朝下不相迎。总向春园里，花间笑语声"是也。有句意俱含蓄者，如《九日》诗曰"明年此会知谁健，醉把茱萸子细看"，《宫怨》诗曰"玉容不及寒鸦色，犹带朝阳日影来"是也。

满城风雨近重阳

黄州潘大临工诗，多佳句，然甚贫，东坡、山谷尤喜之。临川谢无逸以书问："有新作否？"潘答书曰："秋来景物，件件是佳句，恨为俗氛所蔽翳。昨日闲卧，闻搅林风雨声，欣然起，题其壁曰'满城风雨近重阳'，忽催租人至，遂败意。止此一句奉寄。"闻者笑其迂阔。

天　　棘

王仲正言："老杜诗：'江莲摇白羽，天棘蔓青丝。'天棘非烟雨，自是一种物，曾见于一小说，今忘之。"高秀实曰："天棘，天门冬也，一名颠棘，非天棘也。"王元之诗曰："水芝卧玉腕，天棘舞金丝。"则天棘盖柳也。

琥　　珀

韦应物作《琥珀》诗曰：“曾为老茯苓，元是寒松液。蚊蚋落其中，千年犹可觌。”旧说松液入地千年所化，令烧之尚作松气。尝见琥珀中有物如蜂，然此物自外国来，地有茯苓处皆无琥珀，不知韦公何以知之？

诗　误　字

老杜诗曰：“白鸥没浩荡，万里谁能驯。”今误作“波浩荡”，非唯无气味，亦分外闲置“波”字。舒王曰：“道人北山来，问松我东冈。举手指屋脊，云今如许长。”今误作“问松栽东冈”，与“波浩荡”当并按也。

王荆公东坡诗之妙

对句法，诗人穷尽其变，不过以事、以意、以出处具备谓之妙，如荆公曰：“平昔离愁宽带眼，迄今归思满琴心。”又曰：“欲寄岁寒无善画，赖传悲壮有能琴。”乃不若东坡征意特奇，如曰：“见说骑鲸游汗漫，亦曾扪虱话辛酸。”又曰：“蚕市风光思故国，马行灯火记当年。”又曰：“龙骧万斛不敢过，渔舟一叶纵掀舞。”以“鲸”为“虱”对，以“龙骧”为“渔舟”对，小大气焰之不等，其意若玩世。谓之秀杰之气终不可没者，此类是也。

诗　　忌

今人之诗，例无精彩，其气夺也。夫气之夺人，百种禁忌，诗亦如之。富贵中不得言贫贱事，少壮中不得言衰老事，康强中不得言疾病死亡事，脱或犯之，人谓之诗谶，谓之无气，是大不然。诗者，妙观逸想之所寓也，岂可限以绳墨哉！如王维作《画雪中芭蕉》诗，法眼观之,知其神情寄寓于物,俗论则讥以为不知寒暑。荆公方大拜,贺客盈门,忽点墨书其壁曰:"霜筠雪竹钟山寺,投老归欤寄此生。"坡在儋耳作诗曰:"平生万事足,所欠惟一死。"岂可与世俗论哉! 予尝与客论至此,而客不然予论。予作诗自志其略,曰"东坡醉墨浩琳琅,千首空余万丈光。雪里芭蕉失寒暑,眼中骐骥略玄黄"云云。

诗言其用不言其名

用事琢句,妙在言其用,不言其名耳。此法唯荆公、东坡、山谷三老知之。荆公曰:"含风鸭绿鳞鳞起,弄日鹅黄袅袅垂。"此言水柳之用,而不言水柳之名也。东坡《别子由》诗:"犹胜相逢不相识,形容变尽语音存。"此用事而不言其名也。山谷曰:"管城子无食肉相,孔方兄有绝交书。"又曰:"语言少味无阿堵,冰雪相看有此君。"又曰:"眼有人情如格五,心知世事等朝三。""格五",今之蹙融是也。《后汉》注云:"常置人于险处耳。"然句中眼者,世尤不能解。语言者,盖其德之候也,故曰:"有德者必有言。"王荆公欲革历世因循之弊,以新王化,作"雪"诗,其略曰:"势合便疑包地尽,功成终欲放春回。农家不验丰年瑞,只欲青天万里开。"

贾　岛　诗

贾岛诗有影略句,韩退之喜之。其《渡桑乾》诗曰:"客舍并州三十霜,归心日夜忆咸阳。如今更渡桑乾水,却望并州是故乡。"又《赴长江道中》诗曰:"策杖驰山驿,逢人问梓州。长江那可到,行客替生愁。"

诗　用　方　言

句法欲老健有英气,当间用方俗言为妙,如奇男子行人群中,自然有颖脱不可干之韵。老杜《八仙诗》,序李白曰"天子呼来不上船",

方俗言也,所谓襟纫是也。"家家养乌鬼,顿顿食黄鱼",川峡路人家多供祀乌蛮鬼,以临江故,顿顿食黄鱼耳。俗人不解,便作养畜字读,遂使沈存中自差乌鬼为鸬鹚也。"夜阑更秉烛,相对如梦寐",更互秉烛照之,恐尚是梦也。作"更"字读,则失其意甚矣。山谷每笑之,如所谓"一霎杜公雨,数番花信风"之类是也。江左风流久已零落,士大夫人品不高,故奇韵灭绝。东晋骚人胜士最多,皆无出谢安石之右,烟飞空翠之间,乃携娉婷登临之,与夫雪夜访山阴故人兴尽而返、下马据胡床、三弄而去者,异矣。

舒 王 女 能 诗

舒王女,吴安持之妻蓬莱县君,工诗多佳句。有诗寄舒王曰:"西风不入小窗纱,秋气应怜我忆家。极目江山千里恨,依然和泪看黄花。"舒王以《楞严经新释》付之,有和诗曰:"青灯一点映窗纱,好读《楞严》莫忆家。能了诸缘如幻梦,世间惟有妙莲花。"

卷五

赌输梅诗罚松声诗

王文公居钟山,尝与薛处士棋,赌梅诗,输一首,曰:"华发寻香始见梅,一枝临路雪培堆。凤城南陌他年忆,杳杳难随驿使来。"又尝与俞秀老至报宁,公方假寐,秀老私跨驴,入法云谒宝觉禅师,公知之。有顷,秀老至,公佯睡,睡起,遣秀老下阶曰:"为僧子乃敢盗跨吾驴。"秀老叩头,愿有以自赎其罪,寺僧亦为之解劝。公徐曰:"罚松声诗一首。"秀老立就,其词极佳,山中人忘之,予为补曰:"万壑摇苍烟,百滩渡流水。下有跨驴人,萧萧吹醉耳。"

东 坡 藏 记

舒王在钟山,有客自黄州来。公曰:"东坡近日有何妙语?"客曰:"东坡宿于临皋亭,醉梦而起,作《成都圣像藏记》千有余言,点定才一两字。有写本,适留舟中。"公遣人取而至。时月出东南,林影在地,公展读于风檐,喜见眉须,曰:"子瞻,人中龙也,然有一字未稳。"客曰:"愿闻之。"公曰:"'日胜日贫',不若曰'如人善博,日胜日负'耳。"东坡闻之,拊手大笑,亦以公为知言。

荆 公 梅 诗

荆公尝访一高士,不遇,题其壁曰:"墙角数枝梅,凌寒特地开。遥知不是雪,为有暗香来。"

诗 置 动 静 意

荆公曰:"前辈诗云'风静花犹落',静中见动意;'鸟鸣山更幽',动中见静意。"山谷曰:"此老论诗,不失解经旨趣,亦何怪耶?"唐诗有曰"海日生残夜,江春入暮年"者,置早意于残晚中;有曰"惊蝉移别柳,斗雀堕闲庭"者,置静意于喧动中。东坡作《眉子研》诗,其略曰:"君不见长安画手开十眉,横云却月争新奇。游人指点小鬐处,中有渔阳胡马嘶。"用此微意也。

舒王山谷赋诗

舒王宿金山寺,赋诗,一夕而成长句,妙绝。如曰"天多剩得月,月落闻归鼓",又曰"乃知像教力,但渡无所苦"之类,如生成。山谷在星渚,赋道士快轩诗,点笔立成,其略曰:"吟诗作赋北窗里,万言不及一杯水,愿得青天化为一张纸。"想见其高韵,气摩云霄,独立万象之表。笔端三昧,游戏自在也。

王荆公诗用事

舒王晚年诗曰:"红梨无叶庇华身,黄菊分香委路尘。岁晚苍官才自保,日高青女尚横陈。"又曰:"木落冈峦因自献,水归洲渚得横陈。"山谷谓予曰:"自献横陈事,见相如赋,荆公不应用耳。"予曰:"《首楞严经》亦曰:'于横陈时,味如嚼蜡。'"

苏 王 警 句

唐诗有曰:"长因送人处,忆得别家时。"又曰:"旧国别多日,故人无少年。"荆公用其意,作古今不经人道语。荆公诗曰:"木末北山烟冉冉,草根南涧水泠泠。缲成白雪桑重绿,割尽黄云稻正青。"东坡曰："桑畴雨过罗纨腻，麦陇风来饼饵香。"如《华严经》举因知果，譬如莲花，方其吐华，而果具蕊中。

句　中　眼

造语之工，至于荆公、东坡、山谷，尽古今之变。荆公曰："江月转空为白昼，岭云分暝与黄昏。"又曰："一水护田将绿绕，两山排闼送青来。"东坡《海棠》诗曰："只恐夜深花睡去，高烧银烛照红妆。"又曰："我携此石归，袖中有东海。"山谷曰："此皆谓之句中眼，学者不知此妙语，韵终不胜。"

舒王编四家诗

舒王以李太白、杜少陵、韩退之、欧阳永叔诗，编为《四家诗集》，而以欧公居太白之上，世莫晓其意。舒王尝曰："太白词语迅快，无疏脱处；然其识污下，诗词十句九句言妇人酒耳。欧公，今代诗人未有出其右者，但恨其不修《三国志》而修《五代史》耳。"如欧公诗曰"行人仰头飞鸟惊"之句，亦有佳趣，第人不解耳。

范文正公蚊诗

范仲淹少时，求为秦州西溪监盐，其志欲吞西夏，知用兵利病耳。而廨舍多蚊蚋，文正戏题其壁曰："饱去樱桃重，饥来柳絮轻。但知离此去，不用问前程。"虽戏笑之语，亦恺悌浑厚之气逼人，况其大者乎？

柳诗有奇趣

柳子厚诗曰："渔翁夜傍西岩宿，晓汲清湘然楚竹。烟消日出不见人，欸音奥。乃一声山水绿。回看天际下中流，岩上无心云相逐。"东坡云："诗以奇趣为宗，反常合道为趣，熟味此诗，有奇趣。然其尾两句,虽不必亦可。"桡霭,三老相呼声也。

东 坡 属 对

予游儋耳,及见黎民为予言,东坡无日不相从乞园蔬。出其临别北渡时诗:"我本儋耳民,寄生西蜀州。忽然跨海去,譬如事远游。平生生死梦,三者无劣优。知君不再见,欲去且少留。"其末云:"新酝佳甚,求一具,临行写此诗,以折菜钱。"又登望海亭,柱间有擘窠大字曰:"贪看白鸟横秋浦,不觉青林没暮湖。"又谒姜唐佐,唐佐不在,见其母。母迎笑,食予槟榔。予问母:"识苏公否?"母曰:"识之,然无奈其好吟诗。公尝杖而至,指西木凳,自坐其上,问曰:'秀才何往?'我言入村落未还。有包灯心纸,公以手拭开,书满纸,祝曰:'秀才归,当示之。'今尚在。"予索读之,醉墨欹倾,曰:"张睢阳生犹骂贼,嚼齿空龈;颜平原死不忘君,握拳透爪。"

林和靖送遵式诗

王冀公镇金陵,以书致钱塘讲师遵式,遵式以病辞。及愈,将谒公,乃过孤山和靖先生林逋,逋以诗送之曰:"虎牙熊轼隐铃斋,棠树阴阴长碧苔。丞相望崇宾谒少,清谈应喜道人来。"

丁晋公和东坡诗

韩子苍曰:"丁晋公海外诗曰:'草解忘忧忧底事,花能含笑笑何人。'世以为工。读东坡诗曰:'花非识面尝含笑,鸟不知名时自呼。'便觉才力相去如天渊。"

上 元 诗

予自并州还江南,过都下,上元逢符宝郎蔡子,因约相国寺。未至，有道人求诗，且曰："觉范尝有寒岩寺诗怀京师，曰：'上元独宿寒岩寺，卧看青灯映薄纱。夜久雪猿啼岳顶，梦回山月上梅花。十分春瘦缘何事，一掬归心未到家。却忆少年行乐处，软风香雾喷东华。'今当为作京师上元怀山中也。"予戏为之曰："北游烂熳看并山，重到皇州及上元。灯火楼台思往事，管弦音律试新翻。期人未至情如海，穿市归来月满轩。却忆寒岩曾独宿，雪窗残夜一声猿。"

东　坡　滑　稽

有村校书年已七十，方买妾馔客。东坡杖藜相过，村校喜，延坐其东，起为寿，且乞诗。东坡问："所买妾年几何？"曰："三十。"乃戏为诗，其略曰："侍者方当而立岁，先生已是古稀年。"此老滑稽，故文章亦如此。又曰："世间事无有无对，第人思之不至也。如曰'我见魏徵常妩媚'，则对曰'人言卢杞是奸邪'。"又曰："无物不可比类，如蜡花似石榴花，纸花似罂宿花，通草花似梨花，罗绢花似海棠花。"

卷六

曾子固讽舒王嗜佛

舒王嗜佛书，曾子固欲讽之，未有以发之也。居一日，会于南昌，少顷，潘延之亦至。延之谈禅，舒王问其所得，子固熟视之。已而又论人物，曰："某人可秤。"子固曰："弇用老而逃佛，亦可一秤。"舒王曰："子固失言也，善学者读其书，惟理之求。有合吾心者，则樵牧之言犹不废；言而无理，周、孔所不敢从。"子固笑曰："前言第戏之耳。"

称 甘 露 灭

陈了翁罪予不当称甘露灭，近不逊，曰："得甘露灭觉道成者，如来识也。子凡夫，与仆辈俯仰，其去佛地如天渊也，奈何冒其美名而有之耶？"予应之曰："使我不得称甘露灭者，如言蜜不得称甜，金不得称色黄。世尊以大方便晓诸众生，令知根本，而妙意不可以言尽，故言甘露灭。灭者，寂灭；甘露，不死之药，如寂灭之体而不死者也。人人具焉，而独仆不得称，何也？公今闲放，且不肯以甘露灭名我；脱为宰相，宁能饰予以美官乎？"莹中愕然，思所为折难予，不可得，乃笑而已。

大觉禅师乞还山

大觉琏禅师，学外工诗。舒王少与游，尝以其诗示欧公，欧公曰："此道人作肝脏馒头也。"舒王不悟其戏，问其意，欧公曰："是中无一点菜气。"琏蒙仁庙赏识，留住东京净因禅院甚久，尝作偈进呈，乞还山林，曰："千簇云山万壑流，闲身归老此峰头。殷勤愿祝如天寿，一炷清香满石楼。"又曰："尧仁况是如天阔,乞与孤云自在飞。"

靓禅师溺流诗

靓禅师,有道老宿也,主筦之三峰。尝赴供民家,渡溪涨,靓重迟,为溪流所陷。童子掖至岸,坐沙石间,垂头如雨中鹤。童子意必怒,且遭斥逐,不敢仰视。靓忽指溪作诗曰："春天一夜雨滂沱,添得溪流意气多。刚把山僧推倒却,不知到海后如何。"靓后往汝州香山,无疾而化。

靓禅师化人题壁

三峰靓禅师初住宝云,邑有巨商,尚气不受僧化,曰："施由我耳,岂容人劝。"靓宣言："唯吾独能化之。"其人闻靓至,果不出。靓题其壁而去,曰："去年巢穴画梁边,春暖双双绕槛前。莫讶主人帘不卷,恐衔泥土污花砖。"其人喜不怒,特自追还,厚施之。靓笑谓人曰："吾果能化之。"

诵智觉禅师诗

智觉禅师住雪窦之中岩,尝作诗曰："孤猿叫落中岩月,野客吟残半夜灯。此境此时谁得意,白云深处坐禅僧。"诗语未工,而其气韵无一点尘埃。予尝客新吴车轮峰之下,晓起临高阁,窥残月,闻猿声,诵此句大笑,栖鸟惊飞。又尝自朱崖下琼山,渡藤桥,千万峰之间,闻其声类车轮峰下时,而一笑不可得也,但觉此时字字是愁耳。老杜诗曰："感时花溅泪,恨别鸟惊心。"良然,真佳句也。亲证其事,然后知其义。

永庵嗣法南禅

邓峰永庵主,南禅师子也,未尝问法。南禅公所至,辄随之。鲁直闻其风而悦之，眼不及识。有自庆者，事永甚久，即以庆主黄龙。宜州为作疏，语特奇峻。丛林于庆改观。又见之，与语多解休，又嗣法南公。宜州过永旧庵，题其壁曰："夺得胡儿马便休，休嗟李广不封侯。当时射杀南山虎，子细看来是石头。"

东坡和惠诠诗

东吴僧惠诠，佯狂垢污，而诗句清婉。尝书湖上一山寺壁曰："落日寒蝉鸣，独归林下寺。柴扉夜未掩，片月随行屦。唯闻犬吠声，又入青萝去。"东坡一见，为和于后曰："唯闻烟外钟，不见烟中寺。幽人夜未寝，草露湿芒屦。惟应山头月，夜夜照来去。"诠竟以此诗知名。

象　外　句

唐僧多佳句，其琢句法比物以意，而不指言某物，谓之象外句。如无可上人诗曰："听雨寒更尽，开门落叶深。"是以落叶比雨声也。又曰："微阳下乔木，远烧入秋山。"是以微阳比远烧也。

僧清顺十竹林下诗

西湖僧清顺，怡然清苦，多佳句。尝赋《十竹》诗云："城中寸土如寸金，幽轩种竹只十个。春风慎勿长儿孙，穿我阶前绿苔破。"又有《林下》诗曰："久从林下游，颇识林下趣。纵渠绿阴繁，不碍清风度。闲来石上眠，落叶不知数。一鸟忽飞来，啼破幽寂处。"荆公游湖上，爱之，称扬其名。坡晚年亦与之游，亦多唱酬。

东坡称赏道潜诗

东吴僧道潜，有标致。尝自姑苏归湖上，经临平，作诗云："风蒲猎猎弄轻柔，欲立蜻蜓不自出。五月临平山下路，藕花无数满汀洲。"

坡一见如旧。及坡移守东徐，潜往访之，馆于逍遥堂，士大夫争欲识面。东坡馔客罢，与俱来，而红妆拥随之。东坡遣一妓前乞诗，潜援笔而成曰："寄语巫山窈窕娘，好将魂梦恼襄王。禅心已作沾泥絮，不逐春风上下狂。"一座大惊，自是名闻海内。然性偏尚气，憎凡子如仇，尝作诗云："去岁东风上苑行，烂窥红紫厌平生。如今眼底无姚魏，浪蕊浮花懒问名。"士论以此少之。

僧景淳诗多深意

桂林僧景淳，工为五言诗，规模清寒，其渊源出于岛、可，时有佳句。元丰之初，南国山林人多传诵。居豫章乾明寺，终日闭门，不置侍者，一室淡然。闻邻寺斋钟，即造焉，坐同海众食堂前，饭罢径去。诸刹皆敬爱之，见其至，则为设钵；其或阴雨，则诸刹为送食。住二十年如一日，四时不出，谓大风雨极寒热时。景福老衲为予言。淳诗意苦而深，世不可遽解，如曰："夜色中旬后，虚堂坐几更。临溪猿不叫，当槛月初生。"又曰："后夜客来稀，幽斋独掩扉。月中无旁立，草际一萤飞。"有深意。予时方十六七，心不然之，然闻清修自守，是道人活计，喜之耳。

钟 山 赋 诗

余居钟山最久，超然山水间，梦亦成趣。尝乘佳月登上方，深入定林，夜卧松下石上。四更，自宝公塔路还合妙斋，月昃虚幌，净几兀然，童仆憨寝甫鼾。凭前槛无所见，时有流萤穿户牖，风露浩然，松声满院，作诗曰："雨过东南月亮清，意行深入碧萝层。露眠不管牛羊践，我是钟山无事僧。"又曰："未饶拄杖挑山衲，差胜袈裟裹草鞋。吹面谷风冲过虎，归来风雨撼空斋。"

僧可遵好题诗

福州僧可遵，好作诗，暴所长以盖人，丛林貌礼之，而心不然。尝题诗汤泉壁间,东坡游庐山,偶见,为和之。遵曰:"禅庭谁立石龙头?龙口汤泉沸不休。直待众生尘垢尽,我方清冷混常流。"东坡曰:"石龙有口口无根,龙口汤泉自吐吞。若信众生本无垢,此泉何处觅寒温。"遵自是愈自矜伐。客金陵,佛印元公自京师还,过焉。遵作诗赠之曰:"上国归来路几千,浑身犹带御炉烟。凤凰山下敲蓬咏,惊起山翁白昼眠。"元戏答曰:"打睡禅和万万千,梦中趋利走如烟。劝君打快修禅定,老境如蚕已再眠。"元诗虽少蕴藉,然一时快之。

卷七

苏轼衬朝道衣

哲宗问右珰陈衍："苏轼衬朝章者,何衣?"衍对曰:"是道衣。"哲宗笑之。及谪英州,云居佛印遣书追至南昌,东坡不复答书,引纸大书曰:"戒和尚又错脱也。"后七年,复官,归自海南,监玉局观,作偈戏答僧曰:"恶业相缠卅八年,常行八棒十三禅。却着衲衣归玉局,自疑身是五通仙。"

东坡庐山偈

东坡游庐山,至东林,作偈曰:"溪声便是广长舌,山色岂非清净身。夜来八万四千偈,他日如何举似人。"

般若了无剩语

"横看成岭侧成峰,远近看山了不同。不识庐山真面目,只缘身在此山中。"鲁直曰:"此老人于般若横说竖说,了无剩语。非其笔端有舌,安能吐此不传之妙哉!"

船子和尚偈

华亭船子和尚偈曰:"千尺丝纶直下垂,一波才动万波随。夜静水寒鱼不食,满船空载月明归。"丛林盛传,想见其为人。宜州倚曲音成长短句曰:"一波才动万波随。蓑笠一钩丝,金鳞正在深处,千尺也须垂。　　吞又吐,信还疑,上钩迟。水寒江静,满目青山,载月明归。"

东 坡 和 陶 诗

东坡在惠州,尽和渊明诗。时鲁直在黔南闻之,作偈曰:"子瞻谪海南,时宰欲杀之。饱吃惠州饭,细和渊明诗。渊明千载人,子瞻百世士。出处固不同,风味亦相似。"寻又迁儋耳。久之,天下盛传子瞻已仙去矣。后七年,北归时,章丞相方贬雷州。东坡至南昌,太守云:"世传端明已归道山,今尚尔游戏人间耶?"东坡曰:"途中见章子厚,乃回反耳。"

东 坡 戏 作 偈 语

东坡自海南至虔上,以水涸不可舟,逗留月余,时过慈云寺浴。长老明鉴魁梧,如所画慈恩,然丛林以道学与之。东坡作偈戏之曰:"居士无尘堪洗沐,老师有句借宣扬。窗间但见蝇钻纸,门外时闻佛放光。遍界难藏真薄相,一丝不挂且逢场。却须重说《圆通偈》,千眼重笼是法王。"又尝要刘器之同参玉版和尚。器之每倦山行,闻见玉版,欣然从之。至廉泉寺,烧笋而食。器之觉笋味胜,问:"此笋何名?"东坡曰:"即玉版也。此老师善说法,要能令人得禅悦之味。"于是器之乃悟其戏,为大笑。东坡亦悦,作偈曰:"丛林真百丈,嗣法有横枝。不怕石头路,来参玉版师。聊凭柏树子,与问籜龙儿。瓦砾犹能说,此君那不知。"

东 坡 留 戒 公 疏

东坡镇维扬,幕下皆奇豪。一日,石塔长老遣侍者投牒求解院,东坡问:"长老欲何往?"对曰:"归西湖旧庐。"即令出,别候指挥。东坡于是将僚佐,同至石塔,令击鼓,大众聚观。袖中出疏,使晁无咎读之,其词曰:"大士何曾出世,谁作金毛之声;众生各自开堂,何关石塔之事。去无作相，住亦随缘。戒公长老，开不二门，施无尽藏。念西湖之久别，亦是偶然；为东坡而少留，无不可者。一时稽首，重听白槌。渡口船回，依旧云山之色；秋来雨过，一新钟鼓之声。谨疏。"予谓戒公甚类杜子美黄四娘耳，东坡妙观逸想，托之以为此文，遂与百世俱传也。

负华严入岭及大雪偈

陈莹中谪合浦时，予在长沙，以书抵予，为负《华严》入岭。有偈曰："大士游方兴尽回，家山风月绝尘埃。杖头多少闲田地，挑取《华严》入岭来。"予和之曰："因法相逢一笑开，俯看人世过飞埃。湘江庙外休分别，常寂光中归去来。"又闻岭外大雪，作二偈寄之，曰："传闻岭下雪，压倒千年树。老人拊手笑，有眼未尝睹。故应润物林，一洗瘴江雾。寄语牧牛人，莫教头角露。"又曰："遍界不曾藏，处处光皎皎。开眼失却踪，都缘大分晓。园林忽生春，万瓦粲一笑。遥知忍冻人，未悟安心了。"

梦迎五祖戒禅师

苏子由初谪高安时，云庵居洞山，时时相过。聪禅师者，蜀人，居圣寿寺。一夕，云庵梦同子由、聪出城迓五祖戒禅师，既觉，私怪之。以语子由，未卒，聪至。子由迎呼曰："方与洞山老师说梦，子来亦欲同说梦乎？"聪曰："夜来辄梦见吾三人者，同迎五戒和尚。"子由拊手大笑曰："世间果有同梦者，异哉！"良久，东坡书至，曰："已次奉新，旦夕可相见。"三人大喜，追笋舆而出城，至二十里建山寺，而东坡至。坐定无可言，则各追绎向所梦以语坡。坡曰："轼年八九岁时，尝梦其身是僧，往来陕右。又先妣方孕时，梦一僧来托宿，记其颀然而眇一目。"云庵惊曰："戒，陕右人，而失一目，暮年弃五祖来游高安，终于大愚。"逆数盖五十年，而东坡时年四十九矣。后东坡复以书抵云庵，其略曰："戒和尚不识人嫌，强颜复出，真可笑矣。既法契，可痛加磨砺，使还旧规,不胜幸甚。"自是常衣衲衣。

张文定公前生为僧

张文定公方平为滁州日,游琅邪,周行廊庑,神观清净。至藏院,俯仰久之,忽呼左右梯梁间,得经一函。开视之,则《楞伽经》四卷,余其半未写。公因点笔续之,笔迹不异。味经首四句曰:"世间相生灭,犹如虚空花。智不得有无,而兴大悲心。"遂大悟流涕,见前世事。盖公生前尝主藏于此,病革,自以写经未终,愿再来成之故也。公立朝正色,自庆历以来,名臣为人主所敬者,莫如公。暮年出此经示东坡居士,坡为重写,题公之名于其右,刻于浮玉山龙游寺。

悦禅师作偈戏诜公

云峰悦禅师,丛林敬畏为明眼尊宿,与兴化诜公友善。诜城居三十余年,老矣,犹迎送不已。悦尝诫曰:"公乃不袖手山林中去,尚此忍垢乎?"郡僚爱诜多,久不果。一日,送大官出郊,堕马损臂,呻吟月余,以书哀诉于悦。悦恨其不听言,作偈戏之曰:"大悲菩萨有千手,大丈夫儿谁不有。兴化和尚折一支,犹有九百九十九。"南华恭长老同嗣大愚,然少丛林,有书来叙法礼,悦作偈戏之曰:"与师萍迹寄江湖,共忆当年在大愚。堪笑堪悲无限事,甜瓜生得苦葫芦。"

触　背　关

宝觉禅师老,庵于龙峰之北。鲁直丁家难,相从甚久,馆于庵之旁两年。宝觉见学者,必举手示之曰:"唤作拳是触,不唤拳是背。"莫有契之者,丛林谓之触背关。张丞相奉使江西日,将造其庐,至兜率见悦禅师,遽甚称其门人。及见宝觉,乃作偈曰:"久向黄龙山里龙,到来只见住山翁。须知背触拳头外,别有灵犀一点通。"灵源叟时为侍者,乃作赞,其略曰:"闻时富贵,见后贫穷。年老浩歌归去乐,从他人唤住山翁。"鲁直大笑曰："天觉所言灵犀一点,此蠢葺为虚空安耳穴;灵源作赞分雪之,是写一字不着画。"

毛 僧 说 偈

吴有异比丘,号毛僧,日游聚落,饮食无所择。轻薄子多狎玩之,贵势要之不诣。忽谓人曰："吾其死矣。"乃危坐,说偈曰："毛僧毛僧,事事不能,死了烧了,却似不生。"言毕遽化。嗟乎,异哉! 其端师子、戒阇梨之徒乎?

谢 无 逸 佳 句

谢逸字无逸,临川人,胜士也,工诗能文。黄鲁直读其诗曰："晁、张流也,恨未识之耳。"无逸诗曰："老凤垂头噤不语,枯木槎牙噪春鸟。"又曰："贪夫蚁旋磨,冷官鱼上竹。"又曰："山寒石发瘦,水落溪毛凋。"为鲁直所称赏。

洪觉范朱世英二偈

朱世英以德行荐于朝,当入学,意不欲行,不得已诣之,信宿而返。所居一堂,生涯如庞蕴。予尝过之,少君方炊,稚子宗野汲水,而无逸诵书扫除,顾见予,放帚大笑曰："聊复尔耳。"予作偈曰："老妻营炊,稚子汲水。庞公扫除,丹霞适至。弃帚迎朋,一笑相视。不必灵照,多说道理。"世英闻之,亦作偈曰："提篮灵照,扫地谢公。一般是面,做作不同。不假语默,通透玲珑。更若不会,换手捶胸。"

卷八

刘跛子说二范诗

刘跛子，青州人，拄一拐，每岁必一至洛中看花，馆范家园，春尽即还京师。为人谈噱有味，范家子弟多狎戏之。有大范者见之，即与之二十四金，曰："跛子吃半角。"小范者即与一金吃碗羹。于是以诗谢伯仲曰："大范见时二十四，小范见时吃碗羹。人生四海皆兄弟，酒肉林中过一生。"

陈莹中赠跛子长短句

初，张丞相召自荆湖，跛子与客饮市桥，客闻车马过甚都，起观之。跛子挽其衣使且饮，作诗曰："迁客湖湘召赴京，车蹄迎迓一何荣。争如与子市桥饮，且免人间宠辱惊。"陈莹中甚爱之，作长短句赠之，其略曰"槁木形骸，浮云身世，一年两到京华。又还乘兴，闲看洛阳花。说甚姚黄魏紫，春归后，终委泥沙。忘言处，花开花谢，都不似我生涯"云云。予政和改元，见于兴国寺，以诗戏之曰："相逢一枴大梁间，妙语时时见一斑。我欲从公蓬岛去，烂银堆里见青山。"予姻家许中复大夫宜人，赵参政棨之孙女，云："我十许岁时见刘跛子来觅酒吃，笑语终日而去。计其寿百四十五年许。"尝馆于京师新门张婆店三十年，日坐相国寺东廊邸中，人无有识之者。

野 夫 长 短 句

刘野夫留南京，久未入都，渊材以书督之，野夫答书曰："跛子一生别无路，展手教化，三饥两饱，回视云汉，聊以自诳。元神新来，被刘法师、徐神翁形迹得不成模样。深欲上京相觑，又恐撞着文人泥沱佛，蓦地被干拳湿踢，着甚来由。"其不羁如此。尝自作长短句曰："跛子年年，形容何似，俨然一部髭须。世上诗大，拐上有工夫。达南州北县，逢着处，酒满葫芦。醺醺醉，不知来日，何处度朝晡。　洛阳花看了，归来帝里，一事全无。若还与匏羹不托，依旧再作门徒。蓦地思量，下水轻船上，芦席横铺。呵呵笑，睢阳门外，有个好西湖。"

刘渊材南归布橐

渊材游京师贵人之门十余年，贵人皆前席。其家在筠之新昌，其贫至饘粥不给，父以书召其归，曰："汝到家，吾倒悬解矣。"渊材于是南归，跨一驴，以一骡挟以布橐，橐、骡皆斜绊其腋。一邑聚观，亲旧相庆三日，议曰："布橐中必金珠也。"予雅知其迂阔，疑之，乃问亲旧，闻渊材还，相庆曰："君官爵虽未入手，必使父母妻儿脱冻馁之厄。橐中所有，可早出以观之。"渊材喜见眉须，曰："吾富可敌国也，汝可拭目以观。"乃开橐，有李廷珪墨一丸、文与可竹一枝、欧公《五代史》草稿一巨编，余无所有。

云 庵 活 盲 女

云庵住洞山时，尝过檀越家，经大林间，少立，闻哀声杂流水，临涧下窥，有蹲水中者。使两夫下扶，猿臂而上，乃盲女子，年十七八许。问其故，曰："我母死，父佣于远方，兄贫无食，牵我至此，猛推下我而去。"云庵意恻，不自知涕下，顾其人力曰："汝无妇，可畜以相活，我给与一世。"力拜诺，即以所乘笋兜舁归山，云庵步随之。盲女后生三子，皆勤院事。云庵虽领众他山，岁时遣人给衣食，如子侄然。云庵高世之行，若此之类甚众。

钱　如　蜜

仲殊初游吴中，自负一盖，见卖饧者，从乞一钱，饧与之，即就买饧食之而去。尝客馆古寺中，道俗造之，辄就觅钱，皆相顾羞缩，曰："初不多办来，奈何？"殊曰："钱如蜜，一滴也甜。"

道 士 畜 三 物

万安军南并海石崖中，有道士年八九十岁，自言本交趾人，渡海，船坏于此崖，因庵焉。养一鸡大如倒挂，日置枕中，啼即梦觉。又畜王孙小于虾蟆，风度清癯，以线系几案间；道士唤，则跳踯登几唇危坐，分残颗而食之。又有龟状如钱，置合中，时揭其盖，使出戏衣袖间。予谒之，示此三物，从予乞诗。予熟视曰："公小人国中引道者，吾诗俚，讵能摹写高韵。"

梦 游 蓬 莱

黄鲁直，元祐中昼卧蒲池寺。时新秋雨过，凉甚，梦与一道士褰衣升空而去，望见云涛际天。梦中问道士："无舟不可济，且公安之？"道士曰："与公游蓬莱。"即袜而履水。鲁直意欲无行，道士强要之。俄觉大风吹鬓，毛骨为战栗，道士曰："且敛目。"唯闻足底声如万壑松风，有狗吠，开目不见道士，唯见宫殿，张开千门万户。鲁直徐入，有两玉人导升殿，主者降接之。见仙官执玉麈尾，仙女拥侍之，中有一女，方整琵琶。鲁直极爱其风韵，顾之，忘揖主者，主者色庄，故其诗曰："试问琵琶可闻否，灵君色庄伎摇手。"顷与予同宿湘江舟中，亲为言之，与今《山谷集》语不同，盖后更易之耳。

周贯吟诗作偈

周贯者,不知何许人,雅自号木雁子。治平、熙宁间,往来西山,时时至高安,与予大父善。日酣饮,畜一大瓢,行旅夜以为溺器。工作诗,诗成癖。尝宿奉新龙泉观,半夜捶门,道士惊,科发披衣,启问其故,贯笑曰:"偶得句当奉。"道士殊不意,已问之,因使口诵。贯以手指画,吟曰:"弹琴伤指甲,盖席损髭须。"是夜贯寒甚,以席自覆故尔。又至袁州,见市井李生者有秀韵,欲携以同归林下,而李嗜酒色,意欲无行。贯指画药铫作偈示之,曰:"顽钝天教合作铫,纵生三脚岂能行。虽然有耳不听法,只爱人间恋火坑。"寻死于西山。方将化,人问其几何岁,贯曰:"八十西山作酒仙,麻鞋轧断布衣穿。相逢甲子君休问,太极光阴不计年。"后有人见于京师桥,付书与袁州李生云:"我明年中秋夕时,当上谒也。"至时果造李生,生时以事出,乃以白土大书其门而去,曰:"今年中秋夕,来赴去年约。不见破铁铫,弹指空剥剥。"李生后竟堕马,折一足。

石　学　士

石曼卿隐于酒,谪仙之流也,善戏谑。尝出报慈寺,驭者失控,马惊,曼卿堕地。从吏惊遽,扶掖据鞍,市人聚观,意其必大诟怒。曼卿徐着一鞭,谓驭者曰:"赖我石学士也,若瓦学士,顾不破碎乎?"

白　土　埭

《高僧传》有神仙史宗者,着麻衣,加袖其上,号袖衣道。喜怒不常,体癞疮,日往广陵白土埭讴歌自适,夜不知归宿处。江都令檀祗召至与语,词多无畔岸,索纸赋诗曰:"有欲若不足,无欲即无忧。求其情虚者,带索披麻裘。浮游一世间,泛若不系舟。要当毕尘累,栖息老山丘。"檀祗异之。陶潜渊明所记曰白土埭逢三异比丘,此其一也。有狂道借海盐令所畜小儿，登小山，山有屋数椽，道人三四辈相劳苦，其言小儿一不解，但得食一坯如熟艾。有问道士者："谪者何时竟？"答曰："在徐州江北广陵白土埭上，计其谪，行当竟矣。"问者作书授道士，曰："为达之。"即系小儿衣带还。海盐令喜，问曰："衣中有何？"曰："书疏耳。"又呼问小儿，至何处？小儿曰："前为道士捉杖，飘然去，但闻足下波浪声，至山中，山中人寄书与白土埭上。"即引衣带示令，令亦不能晓。小儿诣史宗，史宗大惊曰："汝乃蓬莱山中来耶！"神仙之有无，吾不能知，然观其诗句，脱去畛封，有超然自得之气，非寻常介夫所能作也。

范尧夫揖客对卧

范尧夫谪居永州，闭门，人稀识面。客苦欲见者，或出，则问寒暄而已。僮扫榻奠枕，于是揖客，解带对卧，良久，鼻息如雷霆。客自度未可起，亦熟睡，睡觉常及暮而去。

李伯时画马

李伯时善画马，东坡第其笔，当不减韩干。都城黄金易得，而伯时马不可得。师让之曰："伯时为士大夫，而以画行已可耻也。又作马，忍为之耶？"伯时恚曰："作马无乃例能荡人心，堕恶道乎！"师曰："公业已习此，则日夕以思其情状，求为神骏，系念不忘，一日眼光落地，必入马胎无疑，非恶道而何？"伯时大惊，不觉身去坐榻曰："今当何以洗其过？"师曰："但画观音菩萨。"自是画此像妙天下，故一时公卿服师之善巧也。

房琯前身为永禅师

《东坡集》中有《观宋复古画序》一首，曰："旧说房琯开元中宰卢氏，与道士邢和璞过夏口村，入废佛寺，坐古松下。和璞使人凿地，得瓮中所藏娄师德与永禅师画，笑谓珀曰：'颇忆此耶？'因怅然悟前生之为永禅师也。故人柳子玉宝此画，盖唐本，宋复古所临者。"

退　静　两　忘

尹师鲁谪官过大梁，与一老衲语。师鲁曰："以退静为乐。"衲曰："孰若退静两忘？"师鲁顿若有所得。及移邓州时，范文正守南阳，师鲁手书与文正别。文正驰至，则师鲁已沐浴，衣冠而坐，少顷而化。文正哭之甚哀，师鲁忽举首曰："已与公别，安用复来。"文正惊问所以，师鲁笑曰："死生常理也，何文正不达此。"又问后事，曰："此在公耳。"乃揖希文，复逝。俄顷，又举手谓文正曰："亦无鬼，亦无恐怖。"言讫长逝。沈存中曰："师鲁所养至此，可谓有力。然尚未脱有无之见，何也？得非退静两忘，尚存胸中乎？"独无为子杨次公曰："存中识药矣，然未识药之忌也。"

卷九

草书亦自不识

张丞相好草书而不工，当时流辈皆讥笑之，丞相自若也。一日得句，索笔疾书，满纸龙蛇飞动，使侄录之。当波险处，侄罔然而止，执所书问曰："此何字也？"丞相熟视久之亦自不识，诟其侄曰："胡不早问？致予忘之。"

当出汝诗示人

沈东阳《野史》曰："晋桓温少与殷浩友善，殷尝作诗示温，温玩侮之，曰：'汝慎勿犯我，犯我当出汝诗示人。'"

昌州海棠独香

李舟大夫客都下，一年无差遣，乃受昌州。议者以去家远，乃改受鄂倅。渊材闻之，吐饭大步往谒李，曰："今日闻大夫欲受鄂倅，有之乎？"李曰："然。"渊材怅然曰："谁为大夫谋？昌，佳郡也，奈何弃之？"李惊曰："供给丰乎？"曰："非也。""民讼简乎？"曰："非也。""然则何以知其佳？"渊材曰："天下海棠无香，昌州海棠独香，非佳郡乎？"闻者传以为笑。

刘渊材迂阔好怪

渊材迂阔好怪，尝畜两鹤，客至，指以夸曰："此仙禽也。凡禽卵生，而此胎生。"语未卒，园丁报曰："此鹤夜产一卵，大如梨。"渊材面发赤,诃曰:"敢谤鹤也!"卒去,鹤辄两展其胫伏地,渊材讶之,以杖惊使起,忽诞一卵。渊材嗟咨曰:"鹤亦败道,吾乃为刘禹锡《佳话》所误。自今除佛、老子、孔子之语,予皆勘验。"予曰:"渊材自信之力,然读《相鹤经》未熟耳。"又尝曰:"吾平生无所恨,所恨者五事耳。"人问其故,渊材敛目不言,久之曰:"吾论不入时听,恐汝曹轻易之。"问者力请说,乃答曰:"第一恨鲥鱼多骨,第二恨金橘大酸,第三恨莼菜性冷,第四恨海棠无香,第五恨曾子固不能作诗。"闻者大笑,而渊材瞠目曰:"诸子果轻易吾论也。"

课术有验无验

灵源禅师住龙舒太平精舍,有日者能课,使之课,莫不奇中。苏朝奉者至寺使课,无验,非特为苏课无验,凡为达官要人,言皆无验;至为市井凡庸、山林之士课,则如目见而言。灵源问其故,答曰:"我无德量,凡见寻常人,则据术而言,无所缘饰;见贵人,则畏怖,往往置术之实,而务为谀词。其不验,要不足怪。"

郭注妻未及门而死

韩魏公客郭注者,才而美,然求室则病。行年五十,未有室家。魏公怜之,百计赒恤,为求婚,将遂,其人必死。公以侍儿赐之,未及门而注死。郭注殆可与范公客同科也。韩、范功名富贵,如太山黄河,日月所不能老,两客乃尔,可笑耶!

痴人说梦梦中说梦

僧伽,龙朔中游江淮间,其迹甚异。有问之曰:"汝何姓?"答曰:"姓何。"又问:"何国人?"答曰:"何国人。"唐李邕作碑,不晓其言,乃书传曰:"大师姓何,何国人。"此正所谓对痴人说梦耳。李邕遂以梦为真,真痴绝也。僧赞宁以其传编入《僧史》,又从而解之曰:"其言姓何,亦犹康会本康居国人,便命为康僧会。详何国在碎叶东北,是碎叶国附庸耳。"此又梦中说梦,可掩卷一笑。

不 欺 神 明

徐铉曰：江南处士朱真,每语人曰："世皆云不欺神明,此非天地百神,但不欺心,即不欺神明也。"予闻司马温公曰："我平居无大过人,但未尝有不可对人言者耳。"此不欺神明也。

闻远方不死之术

《孔丛子》有言,昔有人闻远方能不死之术者,裹粮往从之。及至,而其人已死矣,然犹叹恨不得闻其道。予爱其事有中禅者之病。佛法浸远,真伪相半,唯死生祸福之际不容伪耳。今目识其伪犹惑之,可笑也。

自以宗教为己任

高仲灵作远公影堂记六件事,且罪学者不能深考远行事,以张大其德,著明于世。予曰："仲灵宁尝自考其事乎？谢灵运欲入社,远拒之,曰：是子思乱,将不令终；卢循反,而远与之执手言笑。谓远知人,则何暗于循；谓不知人,则何独明于灵运。远自以宗教为己任,而授诗礼于宗雷辈,与道安谏苻坚勿伐洛阳同科。父子于释氏,其可为纯正而知大体者耶？"

牛 逐 虎

筠溪快山有虎,尝搏牧牛童子,为两牛所逐,虎既去,牛捍护之,童子竟死。石门老衲文公为予言之,为作诗记之,以讽含齿被发而不义者。然予徒能讽之,其能已之哉！"快山山浅亦有虎,时时妥尾过行路。一竖坐地牧两牯，以捶捶地不复顾。虎搏竖如鹰搦兔，两牛来奔虎弃去。因往荷痒挨老树，牯则喘视同守护。虎竟不能得此竖，竖虽不救牯无负。一村嚣然共鸣鼓，而虎已逃不知处。嗟哉异哉两大武，高义可与贯高伍。今走仁义名好古，临事真情乃愧汝。此事可信文公语，为君落笔敏风雨。"

刘野夫免德庄火灾

龚德庄罢官河朔，居京师新门。刘野夫上元夕以书约德庄曰："今夜欲与君语，令阁必尽室出观灯，当清净身心相候。"德庄雅敬其为人，危坐，三鼓矣，家人辈未还，野夫亦竟不至。俄火自门而烧，德庄窘，持诰牒犯烈焰而出。顷刻，数百舍为瓦砾之场。明日，野夫来吊，且欣曰："今阁已不出，是吾忧；幸出，可贺也。"德庄心异野夫，然不欲诘之也。

三十六计走为上计

绍兴初，曾子宣在西府，渊材往谒之，论边事，极言官军不可用，用士为良，子宣喜之。既罢，与余过兴国寺河上，食素分茶甚美。将毕，问奴杨照取钱，奴曰："忘持钱来，奈何？"渊材色窘。予戏曰："兵计将安出？"渊材以手捋须良久，目予，趋自后门出，若将便旋然。予追逐渊材，以手拿帽，褰衣走如飞；予为奴杨照追逐，二相公庙，渊材乃敢回顾，喘立，面无人色，曰："鞭虎头，撩虎须，几不免于虎口哉！"予又戏曰："在兵法何如？"渊材曰："三十六计，走为上计。"

卷十

作诗准食肉例

陈莹中谪通州,夜读《洛浦录》,乃大有所悟。敛目长息曰:"此句唯觉范可解,然渠在海外,吾无定光佛手,何能招之。"又曰:"吾甥李郁光祖者,觉范所爱,当呼来,授以此句。觉范倘有生还之幸,而吾以去死不远,恐隔生,则托光祖授之,如太阳直掇付远录公耳。"于是光祖自邵武跣足至通,莹中熟视弥月,曰:"非寄附所可,姑置之。"明年,予还自朱崖,馆于高安大愚。莹中自台州载其家来漳浦,过九江庐山,因家焉。督予兼程来,予以三日至溢城。莹中曰:"自此公可禁作诗,无益于事。"予曰:"敬奉教。然予儿时好食肉,母使持斋,予叩头乞先饫食肉一日,母许之。今亦当准食肉例,先吟两诗,喜吾两人死而复生,如何?"莹中许之。予诗曰:"雁荡天台看得足,尽搬儿女寄篷窗。径来漳水谋二顷,偶爱庐山家九江。名节逼真如醉白,生涯领略似襄庞。向来万事都休理,且听楼钟一夜撞。""与公灵鹫曾听法,游戏人间知几生。夏口瓮中藏画像,孤山月下认歌声。翳消已觉华无蒂,矿尽方知珠自明。数抹夕阳残雨外,一番飞絮满江城。"莹中喜而谓曰:"此诗如岐下猪肉也,虽美,无多食。"后三年,予客漳水,见莹中侄胜柔自九江来,出诗示予曰:"仁者虽逢思有常,平居慎勿示何妨。争先世路机关恶,近后语言滋味长。可口物多终作疾,快心事过必为伤。与其病后求良药,不若病前能自防。"予谓胜柔曰:"公痴叔诗如食鲥鱼,唯恐遭骨刺耳,与岐下猪肉,不可同日而语也。"

蠧文不通辩译

景祐中,光梵大师惟净以梵学著闻天下;皇祐中,大觉禅师怀琏以禅宗大振京师。净居传法院，琏居净因院，一时学者依以扬声。景灵宫锯佣解木，木既分，有虫镂纹数十字如梵书，字旁行，因进之。上遣都知罗宗译经润文，夏英公竦诣传法院导译，冀得祥异之语以谶国。净焚香导译逾刻，乃曰："天竺无此字，不通辩译。"右珰恚曰："诸大师且领上意，若稍成，译馆恩例不浅。"而英公以此意讽之，净曰："幸若蠹纹稍可笺辩，诚教门光也；异日彰谬妄，万死何补。"上又尝赐琏以龙脑钵盂，琏对使者焚之，曰："吾法以坏色衣，以瓦钵食，此钵非法。"使者归奏，上佳叹之。

净琏辈何可少

富郑公每语客，此两道人可谓佛弟子也，倘使立朝，必能尽忠。以其人品不凡，故随所寓，辄尽其才。今则净、琏辈何其少也耶。

石　崖　僧

予游褒禅山，石崖下，见一僧以纸轴枕首，跣足而卧。予坐其旁，久之乃惊觉，起相向，熟视予曰："方听万窍松声，泠然而梦，梦见欧阳公，羽衣，折角巾，杖藜，逍遥颍水之上。"予问师："尝识公乎？"曰："识之。"予私自语曰："此道人识欧公，必不凡。"乃问曰："师寄此山，如今几年矣？道具何在？伴侣为谁？"僧笑曰："出家欲无累，公所言，衮衮多事人也。"曰："岂不置钵耶？"曰："食时寺有碗。"又曰："岂不畜经卷耶？"曰："藏中自备足。"曰："岂不备笠耶？"曰："雨即吾不行。"曰："鞋履亦不用耶？"曰："昔有之，今弊弃之，跣足行殊快人。"予愕曰："然则手中纸轴复何用？"曰："此吾度牒也，亦欲睡枕头。"予甚爱其风韵，恨不告我以名字乡里，然识其吴音也，必湖山隐者。南还海岱，逢佛印禅师元公出山，重荷者百夫，拥舆者十许夫，巷陌聚观，喧吠鸡犬，予自叹曰："使褒禅山石崖僧见之，则子为无事人耶？"

三 生 为 比 丘

唐《忠义传》,李澄之子源,自以父死王难,不仕,隐洛阳惠林寺,年八十余,与道人圆观游其密,老而约自峡路入蜀。源曰:"予久不入繁华之域。"于是许之。观见锦裆女子浣,泣曰:"所以不欲自此来者,以此女也。然业影不可逃,明年某日,君自蜀还,可相临,以一笑为信。吾已三生为比丘,居湘西岳麓寺,寺有巨石林间,尝习禅其上。"遂不复言,已而观死。明年如期至锦裆家,则儿生始三日,源抱临明檐,儿果一笑。却后十二年,至钱塘孤山,月下闻扣牛角而歌者,曰:"三生石上旧精魂,赏月吟风不要论。惭愧情人远相访,此身虽坏性常存。"东坡删削其传,而曰圆泽,而不书岳麓三生石上事。赞宁所录为圆观,东坡何以书为泽,必有据,见叔党当问之。

禅 师 知 羊 肉

毗陵承天珍禅师,蜀人也,巴音夷面,真率不事事。郡守忘其名,初至不知其佳士,未尝与语。偶携客来游,珍亦坐于旁,守谓客曰:"鱼稻宜江淮,羊面宜京洛。"客未及对,珍辄对曰:"世味而如羊肉,大美;且性极暖,宜人食。"守色变瞋视之,徐曰:"禅师何故知羊肉性暖?"珍应曰:"常卧毡知之,其毛尚尔暖,其肉不言可知矣。如明公治郡政美,则立朝当更佳也。"

日 延 一 僧 对 饭

赵悦道休官归三衢,作高斋而居之,禅诵精严,如老烂头陀。与钟山佛慧禅师为方外友,唱酬妙语,照映丛林。性喜食素,日须延一僧对饭,可以想见其为人矣。

邪言罪恶之由

法云秀关西铁面严冷，能以理折人。鲁直名重天下，诗词一出，人争传之。师尝谓鲁直曰："诗多作无害，艳歌小词可罢之。"鲁直笑曰："空中语耳，非杀非偷，终不至坐此堕恶道。"师曰："若以邪言荡人淫心，使彼逾礼越禁，为罪恶之由，吾恐非止堕恶道而已。"鲁直领之，自是不复作词曲。

三君子瑕疵可笑

徐师川曰："予于东坡、山谷、莹中三君子，俱知敬畏者也，然其瑕疵，予能笑之。如东坡议论谏诤，真所谓杀身成仁者，其视死生如旦夜尔，安能为哉！而欲学长生不死。山谷赴官姑熟，既至未视事，闻尝罢，不去，竟俯就之，七日符至乃去。问其故，曰：'不亦无舟吏可迁。'夫士之进退大体，欲分明不可苟也，岂以舟吏为累耶？莹中大节昭著，其能必行其志者，视爵禄如粪土，然犹时对日者说命。此皆颠倒也，吾故笑之。"

欧阳修何如人

临川谢逸，字无逸，高才，江南胜士也。鲁直见其诗，叹曰："使在馆阁，当不减晁、张。"朱世英为抚州，举入行，不就。闲居多从衲子游，不喜对书生。一日，有一贡士来谒，坐定曰："每欲问无逸一事，辄忘之。尝闻人言欧阳修，果何如人？"无逸熟视久之，曰："旧亦一书生，后甚显达，尝参大政。"又问："能文章否？"无逸曰："也得。"无逸之子宗野，方七岁，立于旁闻之，匿笑而去。

证道歌宣公塔

大通禅师言：吾顷过南都，谒张安道于私第，道话一夕。安道曰："景德初，西土有异僧到都下，阅《永嘉证道歌》，即作礼顶戴久之。译者问其故，僧曰：'此书流播五天，称《真丹圣者所说经》，发明心要者甚多。'又问：'大律师宣公塔所在，吾欲往礼谒。'译者又问：'此方大士甚众，何独求宣公哉？'曰：'此师持律，名重五天。'"

宁安不视秀僧书

洪州武宁安和尚者，天衣怀禅师之嗣也，与秀关西为同行。秀已应诏住法云寺，其威光可以挟其友登云天而翔也，而安止荒村破院，单丁五十年。秀时以书致安，安未尝视，弃之。侍者不解其意，因间问之。安曰："吾始以秀有精彩，乃今知其痴。夫出家儿冢间树下办那事，如救头然。无故于八达衢头架大屋，养数百闲汉，此真开眼尿床也，何足复对语哉！吾宗自此盖亦微矣，子曹犹当见之。"

馔器皆黄白物

王荆公居钟山，特与金华俞秀老过故人家饮，饮罢少坐水亭，顾水际沙间有馔器数件，皆黄白物，意吏卒窃之，故使人问司之者。乃小儿适聚于此食枣栗，食尽弃之而去。文公谓秀老曰："士欲任大事，阅富贵，如群儿作息乃可耳。"

圣人多生儒佛中

朱世英言：予昔从文公定林数夕，闻所未闻，尝曰："子曾读《游侠传》否？移此心学无上菩提，孰能御哉！"又曰："成周三代之际，圣人多生儒中；两汉以下，圣人多生佛中。此不易之论也。"又曰："吾止以雪峰一句语作宰相。"世英曰："愿闻雪峰之语。"公曰："这老子尝为众生，自是什么。"

有 缝 浮 屠

石塔长老戒公，东坡居士昔赴登文，戒公迓之。东坡曰："吾欲一见石塔，以行速不及也。"戒公起曰："这着是砖浮屠耶？"坡曰："有缝奈何？"曰："若无缝，争容得世间蝼蚁。"坡首肯之。

麦 舟 助 丧

范文正公在睢阳，遣尧夫于姑苏取麦五百斛。尧夫时尚少，既还，舟次丹阳，见石曼卿，问："寄此久近？"曼卿曰："两月矣。五丧在浅土，欲丧之西北归，无可与谋者。"尧夫以所载舟付之，单骑自长芦捷径而去。到家拜起，侍立良久。文正曰："东吴见故旧乎？"曰："曼卿为三丧未举，留滞丹阳，时无郭元振，莫可告者。"文正曰："何不以麦舟付之？"尧夫曰："已付之矣。"

读 传 灯 录

东坡夜宿曹溪，读《传灯录》，灯花堕卷上，烧一"僧"字，即以笔记于窗间曰："山堂夜岑寂，灯下读《传灯》。不觉灯花落，茶毗一个僧。"梵志诗曰："城外土馒头，馅草在城里。一人吃一个，莫嫌没滋味。"鲁直曰："既是馅草，何缘更知滋味？"易之曰："显儿以酒浇，且图有滋味。"

诗 当 作 不 经 人 语

盛学士次仲、孔舍人平仲同在馆中，雪夜论诗。平仲曰："当作不经人道语。"曰："斜拖阙角龙千丈，澹抹墙腰月半棱。"坐客皆称绝。

次仲曰:"句甚佳,惜其未大。"乃曰:"看来天地不知夜,飞入园林总是春。"平仲乃服其工。

岭 外 梅 花

岭外梅花与中国异,其花几类桃花之色,而唇红香著。东坡词曰:"玉质那愁瘴雾,冰姿自有仙风。海仙时遣探芳丛,倒挂绿毛幺凤。　素面常嫌粉浣,洗妆不褪唇红。高情已逐晓云空,不与梨花同梦。"鲁直词曰:"天涯也得江南信,梅破知春近。夜阑风细得香迟,不道晓来开遍向南枝。　玉箫弄粉人应妒,飘到眉心住。平生个里倾杯深,去国十年老尽少年心。"

诗 忌 深 刻

黄鲁直使余对句,曰:"呵镜云遮月。"对曰:"啼妆露着花。"鲁直罪余于诗深刻见骨,不务含蓄。余竟不晓此论,当有知之者耳。

蔡元度生殁高邮

蔡元度焚黄余杭,舟次泗州,病亟。僧伽塔吐光射其舟,万人瞻仰,中有棺呈露。士大夫知元度不起矣,至高邮而殁。元度生于高邮而殁于此,亦异耳。世言元度盖僧伽侍者木叉之后身,初以为诞,今乃信然。

梁 溪 漫 志

［宋］费　衮　撰
　　金　圆　校点

校 点 说 明

　　《梁溪漫志》十卷,南宋费衮撰。衮字补之,无锡人,国子免解进士,大观三年(1109)贾安宅榜进士、秘书正字费肃之孙。衮博学而能文,除撰本书外,尚撰有《续志》三卷、《文章正派》十卷、《文选李善五臣注异同》若干卷,今皆佚失。

　　综观全书内容,主要有四:一为辨述朝廷典章制度,如对元丰改官及入阁仪制等,叙述详备,可补正史之不足。二为记叙前人遗闻轶事,如苏子美与欧阳公书,对了解庆历党争颇有借助。有关苏东坡者尤多,可窥其政治抱负、文学造诣;东坡《乞校正陆贽奏议上进札子》、《获鬼章告裕陵文》具录其涂注增删之稿,亦足以广异闻。三为考订史实,如纠《归田录》、《避暑录话》、《甲申杂记》、《四六谈麈》、《闻见后录》诸书之讹失;否定《地理指掌图》书序云东坡所作之说;辨证世传薛能与秦宗权联诗事之讹等,皆考证翔实,确凿可信。四为品评诗画文章,如盛赞东坡论文以立意传神为本,谓可为作诗论画之法;主张作诗应"韵与意会",反对拘于用韵,这对今人鉴赏诗画文章仍有启迪。

　　本书史料价值颇堪瞩目。书成于绍熙三年(1192),首刊于嘉泰元年(1201)。刊行六年,当开禧二年(1206),即为国史实录院收录,以备编修高、孝、光三朝正史参用。其时以一不第举子之作而被录入史馆,这与该书"持论具有根柢,旧典遗文往往而在"不无关系。然亦有失考之处,正如《四库全书总目》所云:"小小疵累,亦时有之,然可采者最多，不以一二小节掩。"

是书主要版本为《稽古堂丛刻》本、《四库全书》本、《知不足斋丛书》本、《学海类编》本、《常州先哲遗书》本、夏敬观校《涵芬楼》本。这次整理乃以明刻本与影宋钞本比勘而成的《知不足斋丛书》本为底本，校以除《稽古堂丛刻》本外上述诸本，并参校《永乐大典》、《说郛》中所引和《宋史》、《宋大诏令集》等有关内容，对原书脱误作了补正。

目　　录

梁溪漫志序

　　前辈之学，不徒为空言也，施之于用，然后为言。故掌制作命则言，抗疏论谏则言，知人安民矢谟则言；舍是而有言焉，所谓垂世立教者，则亦不得已云尔。予生无益于时，其学迂阔无所可用，暇日时以所欲言者，记之于纸，岁月寖久，积而成编，因目以《漫志》。嗟夫，竟何谓哉？顾非有用之言，且非有所不得已，譬之候虫逢秋，自吟自止，识者当亦为之叹笑邪！绍熙三年十二月二十日，梁溪费衮补之序。

卷一

本朝殿阁建官

本朝因殿建官，今见于除拜者，曰观文，曰资政，曰端明。观文本旧延恩殿也。庆历七年，以文明殿名犯真庙讳，改为紫宸；明年，丁文简罢政为紫宸殿学士，御史何郯言紫宸不可为官称，于是改延恩为观文殿，置学士。然明道初，重建八殿，皆易其名，已改崇德为紫宸，天和为观文矣。资政，则自景德中王冀公罢政，真宗特置资政殿学士以宠之。至于端明，则始于后唐明宗。国初改殿为文明，而学士仍领端明之职。太平兴国中，并改学士为文明殿学士；雍熙初，又改文明殿为文德。明道间，改承明殿曰端明，复置学士，与文明之职并建；后又改端明曰延和。然迄无拜文明学士者，盖禁中已无此殿矣，其实与端明本只一殿也。此外，又有集英殿，止置修撰。右文殿政和五年，改集贤为右文。始为集贤院，则有学士，洎建，则易官为修撰矣。政和四年，改端明殿学士为延康殿学士，枢密直学士为述古殿直学士。五年，置宣和殿学士；宣和元年，改宣和殿为保和，建官亦同。至建炎戊申，复以延康为端明殿学士，述古为枢密直学士。保和之除，则止于宣和之末。自龙图至焕章七阁，皆藏祖宗谟训，与秘阁并建，官均号贴职。然秘阁有修撰，而无待制、学士。惟天章阁，初止除待制，后亦遽止，至今不除学士等官，盖难于称呼，与紫宸之意同也。又有翰林侍读学士、侍讲学士，自元丰废而元祐复，元符又废；至绍兴六年，范元长冲始除翰林侍读学士，班在翰林学士之下，而恩数如之。乾道末《职制令》删去密学，则八年一除胡承公世将，至今亦阙不除。

宰　辅　沿　革

国初，宰相凡三员，皆带职，首相为昭文馆大学士，次监修国史，次集贤大学士，皆平章事。其后，除拜不常，至嘉祐时，始只两相。元丰改官制，宰相始不带职，而左仆射兼门下侍郎，右仆射兼中书侍郎。其后，或兼或否；又置左、右丞，以行参知政事之职。政和初，改左、右仆射为太、少宰。靖康，复改太、少宰为左、右仆射。建炎初，以左、右仆射并同中书门下平章事，改门下侍郎、中书侍郎为参知政事，而废左、右丞。至乾道末，始改仆射为左右丞相，盖用汉制云。

廷　魁　入　相

自建隆至绍兴末，廷魁凡八十四人，而入相者止六人：吕文穆蒙正、王文正曾、李文定迪、宋元宪庠、何丞相栗、梁文靖克家，而王、李、梁三相皆再入，文穆凡三入云。

宰　相　出　处

本朝宰相出处之盛，前辈备记之矣。自中兴至于淳熙戊申，宰相二十八人，再入者九人。朱昌、秦、赵、张、汤、陈、史、梁。宋次道记赵中令以来，未五十而相者六人。而自建炎以来尤众：范丞相觉民登庸时才三十二，张忠献三十九，秦忠献四十二，李丞相伯纪四十五，其他未五十而相者，比比可数也。

监修提举国史

祖宗时，凡三相：首相昭文，次监修国史，次集贤。昭文虽首相始得之，然但虚名，独监修国史有职事为重也。若止除两相，则首相监修。赵中令独相，以集贤监修，久乃迁昭文。薛文惠、沈恭惠并相，薛领监修,而沈领集贤。其后,毕文简、寇忠愍亦然。乾兴元年,令冯魏公专切提举监修《真宗实录》,于是又增提举之名。至天圣中,诏王沂公监修先朝正史,又别敕命之提举,于是监修、提举始分而为二职矣。绍兴初,吕忠穆公再为首相,差提举修国史,乞改命辅臣。盖是时但修日历,例指为国史,而提举日历,前此亦或命他官,故忠穆引辞,诏不允。初,监修之职,自元丰王岐公以来,久不以入衔,至是始有提举之命。其后,朱忠靖独相监修;赵忠简、张忠献并相,时范元长修史,忠简以亲嫌,乞改命忠献监修,忠献引故事当命首相,忠简既罢,忠献始带监修;而秦忠献独相,以监修兼提举。自是而后,凡两相,则首相监修,次相提举;或首相阙,而次相已提举,则命参知政事权监修,迨次相转厅,则改充监修,而命右相提举;或不拜右相,则命参知政事权提举;相位皆虚,则监修、提举悉以参政摄事云。

宰相父子袭爵

吕文靖初封申公,其子正献亦封申。韩忠献初封仪公,其子文定亦封仪。本朝父子为相,独此两家,且袭其爵,亦盛事也。

封　国　当　避

嘉祐中,胡文恭公建言:“太宗封晋王,至真宗封寿王,乃升寿为大国,在晋国之下。景德三年,诏寿、宋、梁、赵四国自今不得更封;而晋反不在禁封之科。魏仁浦追封晋王,寇准尝曰:‘晋是藩邸旧封,今以为赠典,非所宜。’天禧四年,乃封丁谓为晋公,盖有司之过也。陛下建国于升,宜进为大国,而与晋皆毋得封。”从之。然予尝考之:真宗始封韩王,而曹襄悼、富文忠皆封韩公;仁宗始封庆国公,而王黼、白时中皆封庆公;绍兴辛酉,秦师垣转厅,亦封庆公:有司皆失于检照也。隆兴元年十二月,汤丞相转厅,自荣国亦进封庆,乃始辞避,诏改封岐云。

三省勘当避讳

旧制，三省文字下部勘当，本谓之勘会。嘉祐末，曾鲁公当国，省吏避其父名，改为勘当，至今沿袭。省中出救，旧用"準"字，辄去其下"十"字，或云蔡京拜相时，省吏亦避其父名。然王禹玉父亦名準，而寇莱公亦尝作相。不知书救避讳，自何时始也。近年稍稍复旧。

枢 密 置 使

祖宗时，枢密置使，则有副使；置知院，则有同知院。枢使、知院二者未尝并除。熙宁元年七月，陈秀公自大名入西府，时文潞公、吕惠穆为使，韩康公、邵安简为副使。神宗以秀公三至枢府，欲稍重其礼，乃以为知院事。院枢并除，自此始。元丰四年，以枢密联职辅弼，非出使之官，止置知院、同知院，余悉罢。绍兴丁巳正月诏："宥密本兵之地，用武之际，事权宜重。可依祖宗故事置枢密使、副使；其知枢密院事、同知院、签书，并仍旧。"于是秦忠献以宰相入为枢密使。自后除使者，多自知院而迁。至于副使，则八年除王敏节庶，十一年除岳武穆飞。自是，久不除授矣。

都督宣抚等使名

故事，二府总师为宣抚使；其次曰招讨宣抚，有副使，有判官；其次又有制置、经制等使。中兴以来，建使为多，大者以宰相为御营使，为都督，或为宣抚兼处置使；次相或执政为御营副使、大将：皆为方面。宣抚使亦或为御营副使，或招讨使；次为招抚使。执政或从官为大帅者，带制置大使、安抚大使，有营田处带营田大使；从官亦或为招抚使、都统制等官，则或为都巡检使，或充某处捉杀盗贼制置使，或止充捉杀使，或裂数州、或止一州为镇抚使，其名不一。惟都督，非宰相不除。独赵忠简公知枢密院为之，盖初除川陕宣抚，执政谓与蜀中诸帅使名无异,乃吼改为都督。绍兴辛巳、壬午,命执政出使,亦止为督视。隆兴癸未,张忠献亦以枢密使为都督,然前为相时尝督师矣。明年,汤丞相为都督,杨武恭副之,未几就除都督,前此未有,盖其官为太傅,锡爵为王,故特命之。

二 府 总 师

中兴外攘之际,以宰相、执政总师。建炎己酉二月,首以吕忠穆公为同签枢、充江浙制置使。是年五月,张忠献公以枢密同知为川陕、京西、湖北路宣抚处置使。明年以京西、湖北相去辽远,又已分镇,始全付以川陕之任。绍兴壬子四月,忠穆以宰相都督江淮等路诸军,开府于镇江,未几还阙;以朱忠靖为同都督,辞不拜,乃以孟庾权同都督。四年八月,赵忠简公以知枢密院为川陕宣抚处置使;寻改都督川陕、荆襄诸军事,将行,而张忠献公再入西府,乃命忠献行边。五年二月,忠简、忠献并相,皆带都督,置司行在所。忠献复出,荡平湖寇。六年正月,又诏忠献视师,七月再视师,以都督行府为名。忠简特居中总政事,中外相应,竟不复行也。

同 知 签 书 虚 位

元丰官制,枢密院之副有同知、有签书,除授虽不皆同时,然未尝频年虚位。绍圣元年五月,刘仲冯自签书出知真定,自是不除签书。政和元年九月,王襄自同知出知亳州,自是又不除同知。宣和六年,蔡懋始以同知副蔡攸。凡同知虚位者十三年,签书虚位者三十年。政和间,童贯乃以宦寺为签书,然才三月,遽躐为领院矣。

功 臣 号 勋 官

唐文武臣,有赐功臣号,有勋官,本朝因之。自神宗不受尊号,吴丞相冲卿因乞罢功臣号,冯当世在西府,亦言之,遂诏管军至诸军班衔内带功臣者并罢；而勋官，至政和中亦罢。绍兴六年，执政议复旧制，赐功臣号，以示劝奖，于是诸大将以次赐号。惟勋官，则自绍兴癸丑，始命礼部尚书洪拟、翰林学士綦崈礼讨论旧典；甲寅岁，大理寺丞韩仲通继以为言；丙辰岁，庙堂又请武臣有边功者，带勋以旌之，下吏部立法；至庚申岁，议者又以为言，复下之有司：八年间凡四议之，然卒无赐勋者。迄今惟外夷加恩，则赐勋如故。盖国初检校官、宪衔与赐勋之类，皆袭唐官职，故不之改也。

大 礼 五 使

本朝郊祀五使，沿唐及五代之制。大礼使用宰相；仪仗使用御史中丞；顿递使又增桥道之名，用京尹；礼仪使唐本以太常卿为之。及卤簿使，则以学士及他尚书为之。大中祥符中东封，五使皆命辅臣，以重非常之礼。天圣二年亲郊，晏元献以翰林学士为仪仗使，薛简肃以御史中丞为卤簿使，议者以为非故实。治平二年当郊，以贾直孺中丞为卤簿使，贾遂引故事以请，乃以为仪仗使。元符郊祀，礼仪使以下改差执政官；然自后，五使自宰执外，继以从官之长或使相为之。

摄 官 典 礼

故事，冬至祀圜丘，摄太尉掌誓百官；摄侍中进玉币，并奏请致斋，及辇辂前奏请。政和以左辅、右弼易侍中、中书令，大礼行事，以左辅摄事。靖康，诏三省长官并依元丰官制，自是复初。绍兴癸丑，上昭慈谥，孟信安以摄太尉奉册，于是权太常少卿江端友言："汉、唐以来，太尉乃三公之官，故命宰相、执政摄之，以重其事。政和以后，降太尉不得为三公，今杂压，乃在特进、观文殿大学士之下。而奉册宝犹称摄太尉，自上摄下，名实不相副，兼不以三公奉册，不应典礼。"遂诏今后摄三公行礼。自是皆摄太傅。乾道壬辰，既改左右仆射为丞相，删去侍中、中书、尚书二令。淳熙初，复有诏："侍中、中书令虽已删去，每遇大礼，并仍摄事，贵存旧名，以备礼文。"乙巳之冬，举行庆寿礼，王鲁公以首相摄太傅，梁郑公以次相摄侍中，周益公以枢密使摄中书令，重盛典也。自是率遵行之。

时　政　记

唐故事，宰臣每于阁内及延英奏论政事，退，归中书，惟知印宰臣得书其日德音及凡宰臣奏事，付史馆，名《时政记》。其后，议者谓："所奏事非一端，移数刻之久，或但记出己之辞，而忘同列之对，恐有遗漏，乞令宰臣人自为记。"国初，以扈蒙之言，诏卢多逊录时政，月送史馆，然迄不能成书。太平兴国末，直史馆胡旦言："五代自唐以来，中书、枢密皆置《时政记》。周显德中，密院置《内庭日历》。望令枢密院依旧置《内庭日历》。"诏："自今军国政要，并委参知政事李昉撰录枢密院令副使一人纂集，每季送史馆。"昉因请每月先奏御，后付所司。《时政记》奏御自昉始。端拱二年，中书门下建言："所录《时政记》，缘御前殿，枢密院以下先上，宰臣未上，所有宣谕无由闻知。乞差副枢二人钞录，送中书。"遂诏枢密副使张宏、张齐贤共钞录送中书，同修为一书，以授史官。然止送中书，未得自为记也。大中祥符五年，王钦若、陈尧叟在西府，乃请别撰，不附中书。其后，不止宰相与密院，凡执政，人人皆自为书，而所记益广，然循袭一季之例，或半年始送著作，往往愆期，妨于修撰。绍兴初，始命每月终录送著作院云。

台　谏　见　政　府

祖宗时，台谏得见政府，而不得自相往来。如王沂公亲谕韩魏公"近日章疏甚好"；范文正公争郭后，面与吕许公辨；吕献可争濮议，面与韩魏公辨；司马温公乞立皇子，亲见魏公纳札子；张横渠至中书见王荆公争新法之类。韩魏公问陈思道：洙。"司马近日论何事？"答以"彼此台谏不相往来，不知所言何事"是已。其后，台谏得相往来，而不得见政府。吕汲公对帘前，以备位执政，不敢与言事官相通,遂令范淳父谕旨于刘器之,是台谏已不可见政府矣。苏子由、王彦霖诸公击吕吉甫,会议于兴国浴室院,则台谏相见无所拘也。今沿袭此制云。

卷二

文 武 官 制

文武官制，自元丰、政和更新，其后增改亦不一，因合而书之，以备稽考云。元丰三年，初行文臣官制，以阶易官，《寄禄新格》：中书令、侍中、同平章事为开府仪同三司；左、右仆射为特进；吏部尚书为金紫光禄大夫；五曹尚书为银青光禄大夫；左、右丞为光禄大夫，元祐右银青光禄大夫。宣奉大夫、大观新置，元祐左光禄大夫。正奉大夫；大观新置，元祐右光禄大夫。六曹侍郎为正议大夫、通奉大夫；大观新置，元祐右正议大夫。给事中为通议大夫；左、右谏议为太中大夫；秘书监为中大夫、中奉大夫；大观新置，元祐左中散大夫。光禄卿至少府监为中散大夫；太常至司农少卿为朝议大夫、奉直大夫；大观新置，元祐右朝议大夫。六曹郎中前行为朝请大夫，中行为朝散大夫，后行为朝奉大夫；员外郎前行为朝请郎，中行及起居舍人为朝散郎，后行及左、右司谏为朝奉郎；左、右正言，太常、国子博士，为承议郎；太常、秘书、殿中丞，著作郎，为奉议郎；太子中允、赞善大夫、中舍、洗马为通直郎；著作佐郎、大理寺丞为宣德郎；政和改宣教。光禄、卫尉寺、将作监丞为宣义郎；大理评事为承事郎；太常寺太祝、奉礼郎为承奉郎；秘书省校书郎、正字，将作监主簿，为承务郎。崇宁初，又因刑部尚书邓洵武有请，以留守、节察判官换承直郎；节度掌书记、支使，防、团判官，换儒林郎；留守、节察推官，军事判官，换文林郎；防、团推官，监司官，换从事郎；以录事参军、县令为通仕郎；以知录事参军、知县令为登仕郎；以军巡判官，司理、司法、司户，主簿、尉，为将仕郎。五年，改太庙、郊社斋郎为假将仕郎。政和六年，又诏："旧将仕郎已入仕，不可称将仕，可为迪功郎。旧登仕郎为修职郎。旧通仕郎为从政郎。"寻又以假版官行于衰世，姑从版授，盖非真官，于是却以此三官易假授官，以处未入仕者。假将仕郎去"假"字为将仕郎，假承务郎为登仕郎，假承事、承奉郎为通仕郎云。政和二年，易武选官名：内客省使为通侍大夫；延福宫使为正侍大夫、宣正大夫、政和六年增置。履正大夫、政和六年增置。协忠大夫；政和六年增置。景福殿使为中侍大夫；客省使为中亮大夫；引进使为中卫大夫、翊卫大夫、政和六年增置。亲卫大夫；政和六年增置。四方馆使为拱卫大夫；东上阁门使为左武大夫；西上阁门使为右武大夫、正侍郎，政和六年增置。宣正郎、政和六年增置。履正郎、政和六年增置。协忠郎、政和六年增置。中侍郎；政和六年增置。客省副使为中亮郎；引进副使为中卫郎、翊卫郎、政和六年增置。亲卫郎、政和六年增置。拱卫郎；政和六年增置。东上阁门副使为左武郎；西上阁门副使为右武郎；皇城使为武功大夫；宫苑使、左右骐骥使、内藏库使为武德大夫；左藏库使、东作坊使、西作坊使为武定大夫；寻改武显。庄宅使、六宅使、文思使为武节大夫；内园使、洛苑使、如京使、崇仪使为武略大夫；西京左藏库使为武经大夫；西京作坊使、东西染院使、礼宾使为武义大夫；供备库使为武翼大夫；自皇城副使至供备库副使，为武功郎至武翼郎；今呼武功大夫以下为正使，武功郎以下为副使。内殿承制为敦武郎；淳熙改训武。内殿崇班为修武郎；东头供奉官为从义郎；西头供奉官为秉义郎；左侍禁为忠训郎；右侍禁为忠翊郎；左班殿直为成忠郎；右班殿直为成义郎；寻改保义。三班奉职为承节郎；三班借职为承信郎；三班差使为进武校尉；三班借差为进义校尉；下至军大将等，易为副尉；殿侍为下班祇应；及更医官名有差。

翰　苑　降　诏

故事，近臣有所请乞辞免，其从与违，皆当令学士院降诏。建炎掌故者省记，凡请乞辞免，唯不允者始降诏。绍兴初，吕忠穆公乞二子任在外宫观，赵忠简公、谢任伯乞朝见，并从所请而无诏书。綦叔厚窘礼时为学士，引故事论之，取荆公《内制》答富郑公乞判汝州、韩魏公乞判相州，东坡《内制》答文潞公、吕正献辞免拜、安厚卿辞迁官诸允诏以为据。从之。寻又言："近年急于除用人材，并无降诏之礼，乃或有'如敢迁延，重置典宪'指挥，非待贤之道。望举行故事，凡六尚书及翰林、端明殿学士以上职任与曾任宰相、执政官,若自外除授或被召应赴行在者,并令尚书省日下报学士院颁降诏书,以示待遇之礼;且使外任近臣有所取信,以离其官守。"制可。于是礼文稍稍复旧。

学 士 不 草 诏

唐制,惟给事中得封驳。本朝富郑公在西掖,封还遂国夫人词头,自是舍人遂皆得封缴。元祐间,东坡在翰林,当草文潞公、吕申公免拜不允批答,及安厚卿辞迁官、宗晟辞起复诏,皆以为未当,不即撰进,具所见以奏,朝廷多从之。盖学士实代王言,视外制为重,命令有所未惬,舍人犹得缴还;岂亲为内相者,顾乃不可? 固应执奏,以示守官之义,理则然尔。

知 制 诰 不 试 而 命

欧阳公《归田录》载知制诰不试而命者,杨文公、陈文惠及公凡三人。盖误也。实始于至道三年四月,真宗念梁周翰凤负词名,令加奖擢,乃不试而入西阁。自国初以来,不试而命者,周翰实为之首,而杨公继之。叶少蕴左丞梦得《避暑录话》乃谓周翰与薛映、梁鼎亦皆不试而用,此亦误。映、鼎盖与大年并命者,独大年不试而后命云。

学 士 带 知 制 诰

翰林学士带知制诰,本于唐制。唐自开元末,改翰林供奉为学士院,专掌内命,号为内相。凡充其职者,无定员,自诸曹尚书下至校书郎,皆得与选。入院一岁,则迁知制诰;未知制诰者,不作文书,但备顾问、参侍行幸而已。唐自有知制诰,以中书舍人或前行正郎为之。本朝亦自有知制诰,如钱若水、苏易简皆自知制诰入为翰林学士。然唐之学士必带"知制诰"之三字者,所以别其为作文书之学士也。若本朝,翰林学士未始有不作文书者,则带知制诰徒成赘尔。元丰改官制,失于删去。况知制诰自掌外制,天禧末,欲罢寇忠愍政事,召知制诰晏元宪,示以除目,元宪辞以"臣掌外制,此非臣职"是也。建炎元年,谢任伯参政克家除翰林学士,以知制诰犯祖名为言,有旨权不系"知制诰"三字,任伯力辞,言:"翰林学士,祖宗时若兼领他官,止与职名同。元丰官制既行,专典内制,则必带'知制诰'三字。此不易之制也,讵可辄缘微臣轻有改革?"卒辞不拜。然元丰以前,省、台、寺、监皆领空名,则固与职名同。官制既行,赐之以阶,而省、台、寺、监各还所职,则翰林学士自应专典内制矣,何必更带"知制诰"三字为哉? 任伯第不详考尔。

北门西掖不以科第进

北门、西掖之除,儒者之荣事也;其有不由科第,但以文章进者,世尤指以为荣。熙宁则韩持国,崇宁则林彦振,皆尝直北门。绍兴初,徐师川俯赐出身,为翰林学士;任世初申先、苏仲虎符皆赐出身,为中书舍人;而吕居仁本中赐出身,兼掌内、外制。乾道、淳熙以来,韩无咎元吉、王嘉叟柜、刘正夫孝韙皆以门荫特命摄西掖。而刘正夫有召试之命,因力辞,言:"国朝之制,词命之臣皆先试而后命。自渡江以来,废而不举。今方修故事,恐弗克称塞。"虽可其奏,然摄词命几三年乃罢。

二　史　扈　从

二史立螭,旧多服绿者,谓之"一点青"。其职曰记言、记动,则人主起居之际,皆所当侍。而遇乘舆行幸,未尝扈从,此亦阙文。近岁,始命起居郎、起居舍人从驾,乃合建官本意。

三　馆　馆　职

唐三馆者,昭文馆、史馆、集贤院是也。五代卑陋,仅于右长庆门筑屋数十间为三馆。国初太平兴国二年，度地在升龙门东北一新之，以三馆新修书院为崇文院。大中祥符八年，又于左、右掖门外建院。天禧初，诏崇文外院以三馆为额。天圣九年，乃徙三馆于崇文院，前列三馆，后建秘阁，修史、藏书、校雠，皆其职也，中兴以来，复建秘书省，而三馆之职归之。开元故事，校书官许称学士。本朝三馆职事皆称学士，绍兴初犹仍此称，盖旧典也。

秘书省官撰文字

故事，朝廷有合撰乐章、赞、颂、敕葬、敉祭文，夏国人使到驿燕设教坊白语删润经词及回答高丽书，并送秘书省官撰。盖学士代王言，掌大典册；此等琐细文字，付之馆职，既足以重北门之体，且所以试三馆翰墨之才，异时内、外制阙人，多于此取之。所谓馆职储材，意盖本此。

检　校　官

检校官，盖唐制本以为武臣迁转之阶。至祖宗时，特崇重之，凡文臣为枢密使、副，必以检校官兼正官为之。大中祥符五年，王冀公钦若以吏部尚书、陈文忠尧咨以户部尚书为使，晁文元当制，误削去检校太傅，诏并存之。自后，王景庄嗣宗、曹襄悼利用为副枢，又用赵韩王例，不带正官，直以检校太保为之。独太平兴国中，石元懿熙载止以户部尚书充使；乾兴中，钱思公惟演亦以兵部尚书为使，当时以为有司之失。检校之阶，凡十有九，三少而上有六等。后虽枢廷不复带，然自节度使而迁者，必除检校官。盖节钺之上，止有太尉、开府仪同三司，遂至少保。所以必除检校官者，盖祖宗重惜名器之深意，为之等级，不肯轻畀以三孤之任也。自检校尚书而下，亦或以为散官。熙宁中，祖无择责授检校工部尚书，其后东坡黄州之贬，亦检校水部员外郎。此比颇多。

百官谥命词与否

故事，百官谥不命词。政和以来，有不经太常考功议而特赐谥者，始命词。绍兴三年，陈去非参政与义在西掖，引故事以请，乃诏今后特恩赐谥命词给告，馀给敕。其后，应太常考功定谥者，亦径陈乞赐谥，例多命词，朝论以为言，止坐议状给告，虽特恩得谥者亦然。然今之从臣磨勘转官，尚应命词；特恩赐谥，乃人主非常之泽，所宜命词，以示褒宠。若法应定谥者，则当坐议状给告可也。至淳熙丁未，陈魏公赐谥正献，梁郑公赐谥文靖，乃特诏命词给告云。

文　正　谥

谥之美者，极于文正，司马温公尝言之而身得之。国朝以来，得此谥者惟公与王沂公、范希文而已。若李司空昉、王太尉旦皆谥文贞，后以犯仁宗嫌名，世遂呼为文正，其实非本谥也。如张文节、夏文庄，始皆欲以文正易名，而朝论迄不可。此谥不易得如此，其为厉世之具深矣！

臣下姓谥多同

臣下谥多同，盖以节行适相当，固难于相避，然其间有姓、谥皆同者，往往称谓紊乱。尝考之：本朝有两王文康，溥、曙。两张文定，齐贤、方平。两张忠定，咏、焘。两陈忠肃，瓘、过庭。两刘忠肃，挚、珙。两李忠愍，中宫舜举、若水。两朱忠靖，谔、胜非。两王恭简；岩叟、刚中。而韩魏公谥忠献，韩宗魏谥忠宪，赵阅道谥清献，赵挺之谥清宪，字虽不同，声音亦相紊也。

外　夷　使　入　朝

外夷使入朝，所过郡，长吏例送迎。张安道镇南京，高丽使经过，公言：“臣班视二府，不可为陪臣屈。”诏独遣少尹。其后，韩玉汝镇颍昌，亦言：“交趾小国，其使人将过臣境。臣尝备近郊，难以抗礼。按元丰中，迓以兵官，饯以通判，使、副府谒，其犒设令兵官主之。请如故事。”从之，仍诏所过郡，凡前宰相知、判者亦如之。蒋颖叔帅熙河，西使卒于中国，柩过其境，官属议奠拜，颖叔独曰：“生见尚不拜，奈何屈膝向死胡？”乃奠而不拜。识者是之。故事，外夷国王来朝，宰相出笏见之，使者则否。绍兴初高丽使入贡，宰相乃出笏见之，非故事。时翟公巽为参政，尝以为不可。明年，复入贡，始检会张安道例，下之经由州郡云。

知军州事

太守谓之知某州军州事者，言一州之军事、州事无所不统也。而或遇朝廷一时推行申严之事，往往皆以系衔，如堤岸、递角之类。彼既长是郡，则一郡之事皆所当为，似不须一一入衔也。

都厅签厅

州郡签厅，旧谓之都厅，欧阳公、尹师鲁在钱思公幕中，有《都厅闲话》是也。宣和辛丑，尚书省公相厅改为都厅，内外都厅并行禁止，怀安军奏：“本军都厅，乞以签厅为名。”从之，诏诸路依此。签厅之名，所由始也。

谒刺

熙、丰间，士大夫谒刺与今略同，而于年月前加一行，云“牒件状如前，谨牒”。后见政、宣间者，则去此一行；其间有僧官参监司，亦只书实官，如提刑、宣德之类，其末称“裁旨”。此风尚淳古焉。

座 主 门 生

　　唐世极重座主门生之礼,虽当五代衰乱,典章隳坏之余,然故事相仍,此礼犹不敢废。在唐,知举所放进士,以己及第时名次为重。和凝举进士,及第时第五,其后知举,选范质为第五。质后拜相,封鲁国公,官至宫傅,皆与凝同,当时以为荣。裴皞久在朝廷,宰相马裔孙、桑维翰皆皞礼部所放进士也。后裔孙知举,放榜,引新进士诣皞,皞喜作诗曰"门生门下见门生",世亦荣之。维翰已作相,尝过皞,皞不迎不送,人问其故,皞曰:"我见桑公于中书,庶寮也;桑公见我于私第,门生也。何送迎之有?"人亦以为当。

卷三

入　阁

　　唐有入阁之制，本朝因之。按唐故事：天子日御殿见群臣，曰常参；朔望荐食诸陵寝，有思慕之心，不能御前殿，则御便殿见群臣，曰入阁。宣政，前殿也，谓之衙，衙有仗；紫宸，便殿也，谓之阁。其不御前殿而御紫宸也，乃自正衙唤仗，由阁门而入，百官俟朝于衙者因随以入见，故谓之入阁。然衙，朝也，其礼尊；阁，宴见也，其事杀。自乾符已后，因乱礼阙，天子不能日见群臣，而见朔望，故正衙常日废仗，而朔望入阁有仗。习见既久，遂以入阁为重，至出御前殿犹谓之入阁。其后亦废。至唐明宗初即位，御史中丞李琪请复朔望入阁。然有司不能讲正其事，凡群臣五日一入见中兴殿，便殿也，此入阁之遗制，而谓之起居；朔望一出御文明殿，前殿也，反谓之入阁。琪皆不能正，故欧阳公讥之。本朝建隆三年八月丙戌朔，御崇元殿，文武百官入阁。自后屡踵而行之。太平兴国二年，诏以八月一日入阁，会雨而止。又以《入阁旧图》承五代草创，礼容不备，于是命史馆修撰杨徽之等讨论故事，别为新图。淳化二年十二月丙寅朔，遂行其礼于文德殿。右谏议大夫张洎既与徽之等同撰定新仪，又独奏疏，其略曰：“窃以今之乾元殿，即唐之含元殿也，在周为外朝，在唐为大朝，冬至、元日，立全仗，朝万国，在此殿也。今之文德殿，即唐之宣政殿也，在周为中朝，在汉为前殿，在唐为正衙，凡朔望、起居，及册拜妃后皇子王公大臣，对四夷君长，试制策举人，在此殿也。今之崇德，即唐之紫宸殿也，在周为内朝，在汉为宣室，在唐为上阁，即只日常朝之殿也。东晋太极殿有东、西阁，唐置紫宸上阁，法此制也。且人君恭己，南面向明，紫微黄屋，至尊至重，故巡幸则有大驾法从之盛，御殿则有钩陈羽卫之严，故虽只日常朝，亦须立仗。前代谓之入阁仪者，盖只日御紫宸上阁之时，先于宣政殿前立黄麾金吾仗，俟勘契毕，唤仗，即自东、西阁门入，故谓之入阁。今朝廷且以文德正衙权宜为上阁，甚非宪度。窃见长春殿正与文德殿南北相对，伏请改创此殿，以为上阁，作只日立仗视朝之所。其崇德殿、崇政殿，即唐之延英殿是也，为双日常时听断之所。庶乎临御之式，允叶常经。今舆论乃以入阁仪注为朝廷非常之礼，甚无谓也。臣又闻，唐初五日一朝，景云初始修贞观故事。自天宝兵兴之后，四方多故，肃宗而下，咸只日临朝，双日不坐。其只日或遇大寒、盛暑、阴霾、泥泞，亦放百官起居。双日宰相当奏事，即时特开延英召对。或蛮夷入贡、勋臣归朝，亦特开紫宸引见。臣欲望依前代旧规，只日视朝，双日不坐。其只日遇大寒、盛暑、阴霾、泥泞，亦放百官起居。其双日于崇德、崇政两殿召对宰官、常参官以下，及非时蛮夷入贡、勋臣归朝，亦特开上阁引见，并请准前代故事处分。"奏入不报。淳化三年五月甲午朔，御文德殿，百官入阁。旧制，入阁惟殿中省细仗随两省供奉官先入，陈于庭。太宗以为仪卫太简，命有司更设黄麾仗，其殿中省细仗仍旧，从新制也。大中祥符七年四月，令有司依新定仪制，重画《入阁图》，有唐朝职官悉改之，从东上阁门使魏昭亮之请。景祐元年二月，知制诰李淑上《时政十议》，其第十议乞修起入阁之仪。宝元二年，仁宗谓辅臣曰："唐有入阁礼，今不常行。其久废不讲，抑不可以行于今乎？"于是参知政事宋庠奏疏曰："比蒙圣问，有唐入阁之仪，今不常行，臣退而讨寻故事。夫入阁，乃有唐只日于紫宸殿受常朝之仪也。谨案唐有大内，又有大明宫在大内之东北，世谓之东内，而谓大内为西内。自高宗以后，天子多在大明宫，制度尤为华备。宫之正南曰丹凤门，门内第一殿曰含元殿，大朝会则御之；对北第二殿曰宣政殿，谓之正衙，朔望大册拜则御之；又对北第三殿曰紫宸殿，谓之上阁，亦曰内衙，只日常朝则御之。据唐制，凡天子坐朝，必须立仗于正衙殿，或乘舆止御紫宸殿，即唤仗自宣政殿两门入，是谓东、西上阁门也。若以国朝之制，则今之宣德门，唐丹凤门也；大庆殿，唐含元殿也；文德殿，唐宣政殿也；紫宸殿，唐紫宸殿也。今或欲求入阁本意，施于仪典，即须先立仗于文德殿之庭，如天子止御紫宸殿，即唤仗自东、西阁门入，如此则差与旧仪相合。

但今之诸殿，比于唐制，南北不相对，值此为殊耳，故后来论议，因有未明。又按唐自中叶以还，双日及非时大臣奏事，别开延英，若今假日御崇政、延和是也。乃知唐制，每遇坐朝日，即为入阁。而叔世离乱，五代草创，大昕之制，更从简易，正衙立仗，因而遂废。其后或有行者，常人之所罕见，乃或谓之盛礼，甚不然也。今之相传《入阁图》者，是官司记常朝之制也，如阁门有《仪制敕杂坐图》耳，是何足为希阔之事哉！况唐《开元旧礼》本无此制，至开宝中，诸儒增附新礼，始载月朔入阁之仪，又以文德殿为上阁，差舛尤甚，盖当时编撰之士讨求未至。太宗朝，儒臣张洎亦有论奏，颇为精洽。窃恐朝廷他日修复正衙立仗，欲下两制，使预加商榷，以正旧仪。”而议者以今之殿阁与唐不同，遂不果行。至熙宁三年五月壬子，用宋敏求、王岐公等议，始诏朔望御文德殿立仗，而罢入阁仪。入阁之本末如此。

元 祐 党 人

吾州苍梧先生胡德辉珵，尝对刘元城叹息张天觉之亡，元城无语，苍梧疑而问之，元城云：“元祐党人只是七十八人，后来附益者不是。”又云：“今七十七人都不存，惟某在耳。”元城为此言时，实宣和六年十月六日也。盖绍圣初，章子厚、蔡京、卞得志，凡元祐人皆籍为党，无非一时愿贤。七十八人者，可指数也。其后每得罪于诸人者，骎骎附益入籍，至崇宁间，京悉举不附己者籍为元祐奸党，至三百九人之多。于是邪正混淆，其非正人而入元祐党者，盖十六七也。建炎、绍兴间，例加褒赠，推恩其后，而议者谓其间多奸邪，今日子孙又从而侥幸恩典，遂有诏甄别之。

行　　卷

前辈行卷之礼，皆与刺俱入，盖使主人先阅其文，而后见之。宣和间，苍梧胡德辉见刘元城，尚仍此礼。近年以来，率俟相见之时以书启面投，大抵皆求差遣，丐私书，干请乞怜之言，主人例避谢而入袖，退阅一二，见其多此等语，往往不复终卷。彼方厌其干请，安得为之延誉？士之自处既轻，而先达待士之风，至此亦扫地矣。

氏　　族

氏族之讹久矣。凡蒋、邢、茅，胙祭周公之胤也。此三者，实一姓也，自分为三派，寖远寖忘，则为三姓矣。退之所谓徐与秦俱出、韩与何同姓之类是也。扬子云于蜀无他扬，今此扬姓不复见，亦皆杂于杨矣。钱镠有吴、越，吴、越之人避其讳，以刘去偏傍而为金。王审知据闽，闽人避其讳，以沈去水而为尤。二姓实一姓也。今之称复姓者，皆从省文，如司马则曰马，诸葛则曰葛，欧阳则曰欧，夏侯则曰侯，鲜于则曰于。如此之类甚多，相承不已，复姓又将混于单姓矣。唐永贞元年十二月，淳于姓改为于，以音与宪宗名同也。至今二于无复可辨。如豆卢，盖唐大族，钦望、琭、革，皆尝为相，而此姓今不复见，其殆混于卢邪。

王文贞婿入蜀

王文贞公为相，长女婿韩忠宪例当守远郡，得洋州。公私语其女曰："韩郎入川，汝第归吾家，勿忧也。吾若有求于上，他日使人指韩郎缘妇翁奏免远适，则其为损不细矣！"忠宪闻之，喜曰："公待我厚也。"予窃谓：王公此举，于当国则甚公，于处家则似未尽。且妇从夫者也，死生祸福率当同之。今其夫特为远郡，遽俾其女归享安佚之乐，而使其夫独被遐征之劳，岂所以教为妇之道哉？唐李晟，正岁，崔氏女归宁，责曰："尔有家，而姑在堂，妇当治酒食，且以待宾客。"即却之不得进。晟武人，尚知此。为公计者，政使其女不肯远适，尤当以义责，使偕行，使人知公虽父子之爱，亦不肯容其私，益彰至公之道，则于为国、处家之际，两尽其至矣。

司马温公读书法

司马温公独乐园之读书堂，文史万余卷，而公晨夕所常阅者，虽累数十年，皆新若手未触者。尝谓其子公休曰："贾竖藏货贝，儒家惟此耳，然当知宝惜！吾每岁以上伏及重阳间，视天气晴明日，即设几案于当日所，侧群书其上，以曝其脑，所以年月虽深，终不损动。至于启卷，必先视几案洁净，藉以茵褥，然后端坐看之。或欲行看，即承以方版，未尝敢空手捧之，非惟手汗渍及，亦虑触动其脑。每至看竟一版，即侧右手大指面，衬其沿而覆，以次指面拈而挟过，故得不至揉熟其纸。每见汝辈多以指爪撮起，甚非吾意。今浮屠、老氏，犹知尊敬其书，岂以吾儒反不如乎？当宜志之！"

高密辞起复

《文选》载李令伯乞养亲表云："臣密今年四十有四，祖母刘今年九十有六，是臣尽节于陛下之日长，报刘之日短也。"读者恻然动心。元祐三年，高密郡王宗晟起复，判大宗正事，连章力辞，其言亦曰："念臣执丧报亲之日短，致命徇国之日长。"东坡时直禁林，当草答诏，见其疏而哀之，因入札子乞听所守。诏从之。

范淳父字

范淳父内翰之母，梦邓禹来而生淳父，故名祖禹，字梦得。温公与之帖云："按《邓仲华传》，仲华内文明，笃行淳备，辄欲更表德曰'淳备'，既协吉梦，又可止讹，且与令德相应，未审可否？"次日，复一帖云："昨夕再思，'淳备'字太显而尽，不若单字'淳'，临时配以'甫'、'子'而称之。五十则称伯、仲，亦犹子路或称季路是也。如何，如何？"予因是推之，刘仲原父、贡父，钱穆父，皆只一字。或谓仲原父用程伯休父三字之法，非也。伯休父亦只一字耳，盖伯、仲与甫之类本语助,特后世以便于称谓,非以表其德也。凡今以伯、仲、甫、子之类为助者,皆取单字,盖亦古之遗意焉尔。

射 雁 堂

闲乐先生陈公伯修师锡在太学,与了翁友善。一日,同集宗室淄王圃中,有雁阵过,相与戏曰:"明年魁天下者,当中首雁。"伯修引弓射之,一矢中其三,了翁不中。须臾,又有雁阵过焉,了翁射之,亦中其三,伯修笑曰:"公其后榜耶!"了翁曰:"果然,当为公代。"其明年,徐铎榜伯修果以第三人登第。后三年,了翁登第,亦第三人,皆为昭庆军节度掌书记,果相与为代。因名便厅为射雁堂。先是,了翁将唱第,问投子山道者云:"我作状元否?"应曰:"无时一,有时三。"了翁惘然莫测。是岁,时彦魁天下,了翁居其三,始悟前语。

闲 乐 异 事

闲乐陈公伯修,宣和三年,以祠官居南徐。一日昼寝,梦至一处,殿宇巍然,中有人冠服如天帝,正坐,侍卫环列。赞者引公拜殿下,命之升殿,慰藉久之,谓曰:"卿平生论事章疏,可悉录以进呈。"公对曰:"臣在杭州日,因陈正汇事,郡守贾伟节遣人搜取,多已焚灭,今恐不能尽记。"帝曰:"能记者,录以进。"即有仙官导公至庑下,幕中设几案笔砚,有一青册。公方沉吟间,仙官曰:"不必追记,尽在是矣。"开册示之,则平日所草章疏具在,虽经焚毁者,亦备载无遗。公即袖以进,帝喜曰:"已安排卿第六等官矣。"遂觉。呼其子大理寺丞昱至前,引其手按其顶,则十字裂如小儿顖,其热如火,谓之曰:"与吾书谒刺数十,将别亲旧,吾去矣!"其子请曰:"大人何往?"公告以梦,子曰:"此吉梦,其殆有归诏耶?"公曰:"不然。丰相之临终,亦梦朝帝,盖永归之兆也。"已而再寝,顷之觉,复谓其子曰:"适又梦入黑漆屋三间,此棺椁之象,吾去必矣。"俄,南徐太守虞纯臣遣人招其子,告之曰:"适尊公有状,丐挂冠,正康强,何乃尔? 莫测其意,是以扣公。"言未既,闻传呼陈殿院来，若已知其故者，谓太守曰："死生定数也，公何讶？"戒其子曰："凡吾治命事，不可妄易。"遂归。携亲戚数十人，酌酒告别。既退，命诸子、子妇皆坐，置酒，谆谆告戒。家人见公无疾而遽若是，愕眙不知所答。迨夜入寝，有婢杏香奔告诸子曰："殿院咳逆不止若疾状。"诸子亟走，至，则已趺坐，而一足犹未上，命其子为收之，才毕而终。终之七日，忽有僧欲入吊，其家以素不之识止之，僧云："我诚不识公，但畴昔之夜在瓜洲，忽梦一官人著朱骑马，导从甚盛，凌波而北，人马皆不濡，傍人指云：'此陈殿院也。'泊入城，见群僧来作佛事，乃知之，故欲瞻敬遗像，非有所求也。"时名流多作挽诗纪其事。黄冕仲裳云"不须更草《玉楼记》，已作仙官第六人"，张子韶九成云"凌波应作水中仙"，盖谓此。乃知世之伟人，皆非混混流转者。傅说骑箕而为列星，其可信矣！

元城了翁表章

今时士大夫论四六，多喜其用事精当、下字工巧，以为脍炙人口。此固四六所尚，前辈表章固不废此；然其刚正之气形见于笔墨间，读之使人耸然，人主为之改容，奸邪为之破胆。元符末，刘元城自贬所起帅郓，当过阙，公谢表云："志惟许国，如万折之而必东；忠以事君，虽三已之而无愠。"坐是，遂不得入见。大观间，陈了翁在通州，编修政典局取《尊尧集》，了翁以表缴进，其语有云："愚公老矣，益坚平险之心；精卫眇然，未舍填波之愿。"后竟再坐贬。此二表，于用事、下字，亦皆精切，而气节凛凛如严霜烈日，与退之所谓"登泰山之封，镂白玉之牒"者似不侔矣。

王定国记东坡事

王定国《甲申杂记》云："天下之公论，虽仇怨不能夺。李定鞫治东坡狱正急，一日将朝，忽于殿门谓同列曰：'苏轼诚奇才也！'众莫敢对，定曰：'虽二三十年前所作文字、诗句，引证经传，随问即答，无一字差舛，诚天下之奇才也！'"此恐未必然。按东坡自熙宁初荆公行新法，自是诗语多及新法之不便；元丰二年，言者论其作诗讥讽，遂得罪，相距止十年耳，不至二三十年也。藉使能记二三十年作诗文之因，人皆可能，似不足为东坡道也。定国记此，特爱东坡之过云尔。

卷四

东坡教人读檀弓

东坡教人读《檀弓》，山谷谨守其言，传之后学。《檀弓》，诚文章之模范。凡为文记事，常患意晦而辞不达，语虽蔓衍而终不能发明。惟《檀弓》或数句书一事，或三句书一事，至有两句而书一事者，语极简而味长，事不相涉而意脉贯穿，经纬错综，成自然之文，此所以为可法也。

东坡识任德翁

蜀人任孜字遵圣，以学问气节雄乡里，兄弟皆从老苏游，东坡所谓"大任刚烈世无有，疾恶如风朱伯厚"者。其后在京师，有哭遵圣诗云："老任况豪俊，先子推辈行。"又云："平生惟一子，抱负珠在掌。见之齠乱中，已有食牛量。"其子后立朝，果著大节，即德翁也。东坡眼目高，观人于齠乱间已能如此，妙矣夫！

东坡西湖了官事

东坡镇余杭，遇游西湖，多令旌旗导从出钱塘门，坡则自涌金门从一二老兵，泛舟绝湖而来。饭于普安院，徜徉灵隐、天竺间。以吏牍自随，至冷泉亭则据案剖决，落笔如风雨，分争辩讼，谈笑而办。已，乃与僚吏剧饮，薄晚则乘马以归。夹道灯火，纵观太守。有老僧，绍兴末年九十余，幼在院为苍头，能言之。当是时，此老之豪气逸韵，可以想见也。

东坡改和陶集引

东坡既和渊明诗，以寄颍滨使为之引。颍滨属稿寄坡，自"欲以晚节师范其万一也"其下云："嗟夫！渊明隐居以求志，咏歌以忘老，诚古之达者，而才实拙。若夫子瞻仕至从官，出长八州，事业见于当世，其刚信矣，而岂渊明之拙者哉？孔子曰：'述而不作，信而好古，窃比于我老彭。'古之君子，其取于人则然。"东坡命笔改云："嗟夫！渊明不肯为五斗粟、一束带见乡里小人，而子瞻出仕三十余年，为狱吏所折困，终不能悛，以陷大难，乃欲以桑榆之末景，自托于渊明，其谁肯信之？虽然，子瞻之仕，其出入进退犹可考也，后之君子，其必有以处之矣。孔子曰：'述而不作，信而好古，窃比于我老彭。'孟子曰：'曾子、子思同道。'区区之迹，盖未足以论士也。"此文，今人皆以为颍滨所作，而不知东坡有所笔削也。宣和间，六槐堂蔡康祖得此藁于颍滨第三子逊，因录以示人，始有知者。

东坡教人作文写字

葛延之在儋耳，从东坡游，甚熟，坡尝教之作文字，云："譬如市上店肆，诸物无种不有，却有一物可以摄得，曰钱而已。莫易得者是物，莫难得者是钱。今文章，词藻、事实，乃市肆诸物也；意者，钱也。为文若能立意，则古今所有翕然并起，皆赴吾用。汝若晓得此，便会做文字也。"又尝教之学书云："世人写字，能大不能小，能小不能大。我则不然，胸中有个天来大字，世间纵有极大字，焉能过此？从吾胸中天大字流出，则或大或小，唯吾所用。若能了此，便会作字也。"尝为作《龟冠》诗送其行，葛以语胡苍梧，苍梧为记之。此大匠诲人之妙法，学者不可不知也。

东坡谪居中勇于为义

陆宣公谪忠州,杜门谢客,惟集药方。盖出而与人交,动作言语之际,皆足以招谤,故公谨之。后人得罪迁徙者,多以此为法。至东坡,则不然。其在惠州也,程正辅为广中提刑,东坡与之中外,凡惠州官事,悉以告之。诸军阙营房,散居市井,窘急作过,坡欲令作营屋三百间。又荐都监王约、指使蓝生同干惠州纳秋米六万三千余石,漕符乃令五万以上折纳见钱,坡以为岭南钱荒,乞令人户纳钱与米并从其便。博罗大火,坡以为林令在式假,不当坐罪,又有心力可委,欲专牒令修复公宇仓库,仍约束本州科配。惠州造桥,坡以为吏胥而胥横,必四六分分了钱,造成一座河楼桥,乞选一健干吏来了此事。又与广帅王敏仲书,荐道士邓守安,令引蒲涧水入城,免一城人饮咸苦水、春夏疾疫之患。凡此等事,多涉官政,亦易指以为恩怨,而坡奋然行之不疑,其勇于为义如此! 谪居尚尔,则立朝之际,其可以死生祸福动之哉?

东坡缘在东南

东坡平生宦游,多在淮、浙间。其始通守余杭,后又为守,杭人乐其政,而公乐其湖山。尝过寿星院,恍然记若前身游历者。其于是邦,每有朱仲卿桐乡之念。谪居于黄凡五年,移汝。既去黄,夜行武昌山上回望东坡,闻黄州鼓角,凄然泣下,赋诗云:"黄州鼓角亦多情,送我南来不辞远。"寻上章乞居常州,其后谢表有"买田阳羡,誓毕此生"之语。在禁林,与胡完夫、蒋颖叔酬唱,皆以卜居阳羡为言。晚自儋北归,爱龙舒风土,欲居焉,乃令郡之隐士李惟熙买田以老。已而得子由书,言:"桑榆末景,忍复离别!"遂欲北还颍昌。作书与惟熙云:"然某缘在东南,终当会合,愿君志之,未易尽言也。"至仪真,乃闻忌之者犹欲攻击,遂不敢兄弟同居,竟居毗陵以薨。"缘在东南"之语,乃尔明验。古之伟人,自能前知,所谓有开必先者,不假数术也。

东坡卜居阳羡

建中靖国元年，东坡自儋北归，卜居阳羡，阳羡士大夫犹畏而不敢与之游，独士人邵民瞻从学于坡，坡亦喜其人，时时相与杖策过长桥，访山水为乐。邵为坡买一宅，为钱五百缗，坡倾囊仅能偿之。卜吉入新第既得日矣，夜与邵步月，偶至一村落，闻妇人哭声极哀，坡徙倚听之，曰："异哉，何其悲也！岂有大难割之爱，触于其心欤？吾将问之。"遂与邵推扉而入，则一老妪，见坡泣自若。坡问妪何为哀伤至是，妪曰："吾家有一居，相传百年，保守不敢动，以至于我。而吾子不肖，遂举以售诸人。吾今日迁徙来此，百年旧居，一旦诀别，宁不痛心？此吾之所以泣也。"坡亦为之怆然，问其故居所在，则坡以五百缗所得者也。坡因再三慰抚，徐谓之曰："妪之旧居，乃吾所售也。不必深悲，今当以是屋还妪。"即命取屋券，对妪焚之；呼其子，命翌日迎母还旧第，竟不索其直。坡自是遂还毗陵，不复买宅，而借顾塘桥孙氏居暂憩焉。是岁七月，坡竟殁于借居。前辈所为类如此，而世多不知，独吾州传其事云。

东坡懒版

东坡北归至仪真得暑疾，止于毗陵顾塘桥孙氏之馆，气寝上逆，不能卧。时晋陵邑大夫陆元光获侍疾卧内，辍所御懒版以献，纵横三尺，偃植以受背，公殊以为便，竟据是版而终。后陆君之子以属苍梧胡德辉为之铭曰："参没易簀，由殪结缨。毙而得正，匪死实生。堂堂东坡，斯文栋梁。以正就木，犹不忍僵。昔我邑长，君先大夫。侍闻梦奠，启手举扶。木君戚施，匪屏匪几。诒万子孙，无曰不祥之器。"

毗陵东坡祠堂记

东坡自黄移汝，上书乞居常，其后谢表有"买田阳羡，誓毕此生"

之语。在禁林，与胡完夫、蒋颍叔唱和，有云：“惠山山下土如濡，阳羡溪头米胜珠。卖剑买牛吾欲老，杀鸡为黍子来无？”又云：“雪芽我为求阳羡，乳水君应饷惠山。”晚自儋耳北还，崎岖万里，径归南兰陵以殁。盖出处穷达三十年间，未尝一日忘吾州者；而郡无祠宇奠谒之所，邦人以为阙文。乾道壬辰，太守晁彊伯子健来，始筑祠于郡学之西，塑东坡像其中。又于士夫家广摹画像，或朝服、或野服，列于壁间，而晁侍郎公武为之记，其略曰：“公武闻诸世父景迂生，崇宁间贼臣擅国，颠倒天下之是非，人皆畏祸，莫敢庄语。公之葬也，少公黄门铭其圹，亦非实录。其甚者，以赏罚不明罪元祐，以改法免役坏元丰；指温公才智不足，而谓公之斥逐出其遗意；称蔡确谤讟可赦，而谓公之进用自其迁擢；章子厚之贼害忠良，而谓公与之友善；林希之诋诬善类，而云公尝汲引之。呜呼！若然，则公之《上清储祥》《忠清粹德》二碑，及诸奏议、著述，皆诞谩欤？公武因子健之请，伏自思念，岁月滋久，耆旧日益沦丧，存者皆邈然，后进则绪言将零落不传，于是不敢以不能为解，而辄载其事。惟公当元祐时，起于谪籍，登金门玉堂，极礼乐文章之选。及章、蔡窜朋党于岭表，而公独先；朝廷追复党人官爵，而公独后。立朝本末，彰明较著如此，岂有他哉！昔陈仲弓送中常侍父之葬，非以为贤；从者晋楚公子曰隶也不力，非以为不肖，皆有为而发。岂少公之意，或出于此非耶？后世不知其然，惟斯言是信，则为盛德之累大矣！因述景迂生之语，俾刻之乐石，庶异日网罗旧闻者有考。”记成，彊伯刻石为二碑，一置之郡斋，一置之阳羡洞灵观，用杜元凯之法，盖欲俱传不朽，其措意甚美；然东坡公之名节，固自万世不磨矣。

武臣献东坡启

东坡帅定武，有武臣状极朴陋，以启事来献，坡读之甚喜曰：“奇文也。”客退，以示幕客李端叔，问何者最为佳句，端叔曰：“‘独开一府，收徐、庾于幕中；并用五材，走孙、吴于堂下’，此佳句也。”坡曰：“非君，谁识之者！”端叔笑谓坡曰：“视此郎眉宇间，决无是语，得无假诸人乎?"坡曰:"使其果然,固亦具眼矣。"即为具召之,与语甚欢,一府皆惊。竹坡老人周少隐_{紫芝}闻之李端叔,尝记其事。

东 坡 戴 笠

东坡在儋耳,一日过黎子云,遇雨,乃从农家借箬笠戴之,著屐而归,妇人小儿相随争笑,邑犬群吠。竹坡周少隐有诗云:"持节休夸海上苏,前身便是牧羊奴。应嫌朱绂当年梦,故作黄冠一笑娱。遗迹与公归物外,清风为我袭庭隅。凭谁唤起王摩诘,画作东坡戴笠图。"今时亦有画此者,然多俗笔也。

东 坡 荔 支 诗

东坡《食荔支》诗有云:"云山得伴松桧老,霜雪自困楂梨粗。"常疑上句似泛,此老不应尔。后见习闽广者云,自福州古田县海口镇至于海南,凡宰上木,松桧之外,悉杂植荔支,取其枝叶荫覆,弥望不绝。此所以有"伴松桧"之语也。

东坡用事对偶精切

东坡词源如长江大河,汹涌奔放,瞬息千里,可骇可愕,而于用事对偶,精妙切当,人不可及。如《张子野买妾》诗,全用张氏事;《祭徐君猷文》,全用徐氏事;《送李方叔下第》诗,用"古战场"、"日五色":皆当家事,殆如天成。徐君猷、孟亨之皆不饮,作诗戏之,用徐邈、孟嘉饮酒事,仍各举当时全语以为对,其通守余杭日,《答高丽使私觌状》云:"归时事于宰旅,方劳远勤;发私币于公卿,亦蒙见及。"发币一事,非外夷使者致馈之故实乎?

退之东坡用先后语

退之《南山诗》云："或齐若友朋，或差若先后。"人多不知先后之义。练塘洪庆善吏部兴祖引《前汉志》云："见神于先后宛若。"其注云："兄弟妻，关中呼为先后。"予观东坡《徐州谢上表》云："信道直前，曾无坎井之避；立朝寡助，谁为先后之容。"或疑"先后"不可对"坎井"，盖不知亦出于此也。

东坡文效唐体

东坡之文，浩如河汉，涛澜奔放，岂区区束缚于堤防者？而作《徐君猷祭文》及《徐州鹿鸣燕诗序》，全用四六，效唐人体而益工，盖以文为戏邪？

东坡录沿流馆诗

东坡在翰林，被旨作《上清储祥宫碑》，哲宗亲书其额。绍圣党祸起，磨去坡文，命蔡元长别撰。玉局遗文中有诗云："淮西功德冠吾唐，吏部文章日月光。千载断碑人脍炙，不知世有段文昌。"其题云："绍圣中，得此诗于沿流馆中，不知何人作也，戏录之，以益箧笥之藏。"此诗乃东坡自作，盖寓意储祥之事，特避祸，故托以得之。味其句法，则可知矣。

石屋洞题名

临安石屋洞崖石上，有题名二十五字，云："陈襄、苏颂、孙奕、黄灏、曾孝章、苏轼同游。熙宁六年二月二十一日。"内东坡姓名磨去，仅存仿佛，盖崇宁党祸时也。

柳展如论东坡文

东坡归自海南，遇其甥柳展如_闳，出文一卷示之，曰："此吾在岭南所作也，甥试次第之。"展如曰："《天庆观乳泉赋》词意高妙，当在第一；《钟子翼哀词》别出新格，次之；他文称是。舅老笔，甥敢优劣邪？"坡叹息以为知言。展如后举似洪庆善。庆善跋东坡帖，具载其语。

贬所敬苏黄

元祐党祸烈于炽火，小人交扇其焰，傍观之君子深畏其酷，惟恐党人之尘点污之也。而东坡之在儋，儋守张中事之甚至，且日从叔党棋以娱东坡。洎张解官北归，坡凡三作诗送之。鲁直之在戎，戎守彭知微每遣吏李珍调护其逆旅之事，无不可人意。当是之时，而二守乃能如此，其义气可书。张竟以此坐谪云。

昌化盛事

东坡眉人，贬昌化；任德翁亦眉人，后亦贬昌化。张才叔赠德翁诗云："儋耳百年经僻陋，眉山二老继驱除。"德翁和云："身投魑魅家何在？泽逮昆虫罪未除。"苏、任两公同乡里，同贬所，大节相望。顾儋耳独何幸也。

侍儿对东坡语

东坡一日退朝，食罢，扪腹徐行，顾谓侍儿曰："汝辈且道，是中有何物？"一婢遽曰："都是文章。"坡不以为然；又一人曰："满腹都是识见。"坡亦未以为当。至朝云，乃曰："学士一肚皮不入时宜。"坡捧腹大笑。

卷五

优孟孙叔敖歌

《史记》载优孟言孙叔敖事曰："楚相孙叔敖知其贤人也，善待之。病且死，属其子曰：'我死，汝必贫困。若往见优孟，言我孙叔敖之子也。'居数年，其子穷困负薪，逢优孟，与言曰：'我，孙叔敖子也。父且死时，属我贫困往见优孟。'优孟曰：'若无远有所之。'即为孙叔敖衣冠，抵掌谈语。岁余，像孙叔敖，楚王及左右不能别也。庄王置酒，优孟前为寿，庄王大惊，以为孙叔敖复生也，欲以为相。优孟曰：'请归与妇计之，三日而为相。'庄王许之。三日后，优孟复来，王曰：'妇言何谓？'孟曰：'妇言慎无为，楚相不足为也。如孙叔敖之为楚相，尽忠为廉以治楚，楚王得以霸。今死，其子无立锥之地，贫困负薪以自饮食。必如孙叔敖，不如自杀。'因歌曰：'山居耕田苦，难以得食。起而为吏，身贪鄙者徐财，不顾耻辱。身死家室富，又恐受赇枉法，为奸触大罪，身死而家灭。贪吏安可为也！念为廉吏，奉法守职，竟死不敢为非。廉吏安可为也！楚相孙叔敖持廉至死，方今妻子穷困负薪而食，不足为也！'于是庄王谢优孟，乃召孙叔敖子，封之寝丘。"《史记》所载如此。予尝游浮光，叔敖即是郡期思县人也。期思今废为镇。予得汉延熹中所立碑，书是事微有不同，云："病甚，临卒将无棺椁，令其子曰：'优孟曾许千金贷吾。孟，楚之乐长，与相君相善，虽言千金，实不负也。'卒后数年，庄王置酒以为乐，优孟乃言孙君相楚之功，即慷慨高歌，涕泣数行，阙一字。投首王，王心感动觉悟，问孟，孟具列对，即求其子而加封焉。子辞：'父有命，如楚不忘亡臣社稷阙一字。而欲有赏，必于潘国下湿墝埆，人所不贪。'遂封潘乡。"潘即固始也。而所载歌绝奇，曰："贪吏而可为，而不可为；廉吏而可为，而不可为。贪吏而不可为者，当时有污名；而可为者，子孙以家成。廉吏而可为者，当时有清名；而不可为者，子孙困穷，被褐而卖薪。贪吏常苦富，廉吏常苦贫。独不见楚相孙叔敖，廉洁不受钱。"味其词语，愤世疾邪，含思哀怨，过于恸哭，比之《史记》所书远甚，听者安得不感动也？欧阳公《集古录》谓："微斯碑，后世遂不复知叔敖名饶。"又谓："碑亦罕传，余以集录，二十年间求之博且勤，乃得之云。"

史载祸福报应事

史书载祸福报应事，当示劝惩之意。班固书田蚡杀魏其、灌夫事，其末云："蚡疾，一身尽痛，若有击者，呼服谢罪。上使视鬼者瞻之，曰：'魏其与灌夫共守，笞欲杀之。'竟死。"其意盖谓蚡虽幸逃人戮，鬼得而诛之矣，故书之，所以示戒也。《唐书》载："崔器议达奚珣罪抵死，后器病，叩头云：'达奚尹诉于我。'三日卒。"夫珣之叛君附贼，死有余罪，器守正据法，尚何所诉？又安能为正人之厉哉！徒使逆徒用以藉口。此等事削而不书可也。

古者居室皆称宫

古者居室，贵贱皆通称宫，初未尝分别也。秦、汉以来，始以天子所居为宫矣。《礼记》云："父子异宫。"又云："儒有一亩之宫，环堵之室。"林子中在京口作诗寄东坡云："欲唤无家一房客，五云楼殿镴鳌宫。"而东坡和云："叩头莫唤无家客，归扫峨眉一亩宫。"盖本诸此。

诸　父　大　人

伯、叔父谓之诸父，兄、弟之子谓之犹子，故皆可称为父子。《二疏传》，受乃广之兄子，而班固书曰："即日父子俱移病。"又今人称父为大人，而此书受叩头曰："从大人议。"则诸父亦通称，犹孟子之所谓大人者，盖皆尊者之称尔。

子者男子通称

子者，男子之通称。若文字间称其师，则曰"子某子"，复冠"子"字于其上者，示特异于常称，曰吾所师者，则某子云尔。《列子》乃其门人所集，故曰"子列子"。《公羊》之书，其弟子称其为"子公羊子"。至隐十一年，称"子沈子"。何休注曰："子沈子，后师。沈子称'子'冠氏上者，著其为师也；不但言'子曰'者，辟孔子也；其不冠'子'者，他师也。"陈后山以南丰瓣香，称为"子曾子"，盖用此法。刘梦得自为传，乃加"子"于上者，非是，而今人承其误，亦多以自称，或称其朋友，皆失之矣。

前言往行有所感发

士大夫多识前言往行，岂独资谈柄为观美，盖欲施之用也。国初，遣卢多逊使李国主，还，舣舟宣化口，使人白国主曰："朝廷重修天下图经，史馆独阙江东诸州，愿各求一本以归。"国主亟令缮写送与之。于是多逊尽得其十九州之形势、屯戍远近、户口多寡以归，朝廷始有用兵之意。熙宁中，高丽入贡，所经州县，悉要地图，所至皆造送，山川道路，形势险易，无不备载。至扬州，牒州取地图，是时陈秀公守扬，给使者欲尽见两浙所供图，仿其规模供造。及图至，都聚而焚之，具以事闻。秀公之举，盖因前事有所感发也。

老 而 能 学

曹孟德尝言："老而能学，惟吾与袁伯业。"东坡云："此事不独今人不能，古人亦自少也。"东坡以《论语解》寄文潞公书云："就使无取，亦足见其穷不忘道，老而能学也。"予窃谓：年齿寖高而能留意于学，此固非易事，然于其中亦自有味。盖老者更事既熟，见理既明，开卷之际，迎刃而解，如行旧路而见故人，所谓"温故知新"者。人于少年读书，与中年、晚年所见各不同。其作文亦然。故老而能学，盖自有以乐之也。

温 公 论 商 鞅

温公论魏惠王有一商鞅而不能用，使还为国害，丧地七百里，窜身大梁。予窃谓：商鞅刻薄之术，始能帝秦，卒能亡秦；使用之于魏，其术犹是也。孟子不远千里而来，惠王犹不能听其言，其庸妄可知矣。温公不责惠王以不听孟子仁义之言，而乃责其不用商鞅功利之说，何耶？公于此必有深意，特予未之晓尔。

辨高祖卧内夺韩信军

《史记》《西汉》所书高祖即卧内夺韩信军，事殊可疑。且信为汉名将，凡用兵之法，敌人动息，尚当知之，岂有其主夜宿传舍而军中不知？其斥候不明可想见矣！周亚夫屯细柳，天子先驱至，不得入。今乃使人晨入其卧内，称汉使者至，麾召诸将，易置其军，而犹不知。信方起，乃知独汉王来，大惊。则其军门壁垒，荡然无禁，所谓纪律果安在邪？设或敌人仿此而为之，其败亡可立而待也。项羽死，高祖又袭夺其军。夫为将，而其军每为袭夺，则真成儿戏尔！信号能申军法，恐不应至是也。

平 淮 西 碑 误

唐宪宗以永贞元年八月即位。是月，剑南西川刘辟自称留后。十一月，夏绥银节度留后杨惠琳反。元和元年三月辛巳，杨惠琳伏诛；十月戊子，刘辟伏诛。事皆在元和元年，而退之《平淮西碑》云"明年平夏，又明年平蜀"，盖误也。《新唐书》载此碑，删去"明年平夏"一句。

晋史书事鄙陋

《晋史》书事鄙陋可笑者非一端。如论阮孚好屐、祖约好财，同是累而未判得失。夫蜡屐固非雅事，然特嗜好之僻尔，岂可与贪财下俚者同日语哉？而作史者必待客见其料财物，倾身障簏，意未能平，方以分胜负。此乃市井屠沽之所不若，何足以污史笔，尚安论胜负哉？许敬宗之徒污下无识，东坡以为"人奴"，不为过也。

论姚崇序进郎吏

姚崇序进郎吏，明皇仰视殿屋，崇再三言之，终不应。崇惧，趋出。高力士侍侧，曰："大臣奏事，陛下当面加可否，奈何一不省察？"帝曰："朕任崇以天下事，当进贤、退不肖。郎吏卑秩，乃一一以烦朕耶？"会力士传旨省中，为道帝语，崇乃喜，闻者皆服帝识人君之体。后之论史者亦美之。予谓明皇怠心已兆于此。夫官吏虽有崇卑之异，然一吏不肖，则一事瘝。君相共议，亦理之常，不应以其微而忽之。政使欲示信任之意，亦当因是面加开谕，使崇晓然于心，岂宜傲睨峻拒，忿然不答？则是厌万几之繁，畏恶之意已形于外，不复顾省矣。其后，竟委政于李林甫，专擅国柄；付边事于安禄山，卒致大乱，盖胎于拒姚崇之时也。

晁错名如字读

晁错之名，古今皆读如"措"字。潘岳《西征赋》云："越安陵而无讥，谅惠声之寂寞。吊爰丝之正议，伏梁剑于东郭。讯景皇于阳邱，爰信谗而矜谲。殒吴嗣于局下，盖发怒于一博。成七国之称乱，翻助逆以诛错。恨过听之无讨，兹沮善而劝恶。"据此，则乃如字读，而前辈初不然，不知岳何所据耶。

西 汉 句 读

《西汉》极有好语,患在读者乱其句读。_{去声}。如《卫青传》云:"人奴之生得无笞骂足矣安得封侯事乎。""人奴之"为一句,"生得无笞骂足矣"为一句,"生"读如"生乃与哙等为伍"之"生"。谓人方奴我,平生得无笞骂已足矣,安敢望封侯事。则语有意味而句法雄健。今人或以"人奴之生"为一句,只移一字在上句,便凡近矣。

西 汉 沟 洫 志

《西汉·沟洫志》载贾让《治河策》云:"河从河内北至黎阳为石堤,激使东抵东郡平冈;又为石堤,使西北抵黎阳、观下;又为石堤,使东北抵东郡津北;又为石堤,使西北抵魏郡昭阳;又为石堤,激使东北。百余里间,河再西三东。"读者多善其五用"石堤"字而不为冗复。予谓其源盖出于《禹贡》,自"导河积石"而下至"九州攸同"一段,才二百余字,而用"东至"、"北至"者凡三十余,皆连属重复,读之初不觉其烦,政如崇山峭壁,先后崛立,愈险愈奇。班固盖法此。

作 史 华 实 相 副

"质胜文则野,文胜质则史"。作史者,当务华实相副,须能摹写当时情状如在目前,乃为尽善;若惟务语简,则下笔之际,必有没其本意者。如始皇见茅焦之时,记事者书云:"王仗剑而坐,口正沫出。"观"口正沫出"四字,则始皇鸷忍虎视之状,赫然可见矣。作史之法当然也。

论 季 布

季布面折廷争,欲斩樊哙,殿上皆恐,吕后罢朝,遂不复议击匈奴，其刚直可知矣。曹丘生数招权顾金钱，事贵人赵谈等，与窦长君善。布以书谏长君，使勿与通，其始固亦善矣。及曹丘来见，初无他说，止进谄辞以悦之，谓其得声梁、楚间，欲游扬其名于天下。其奸佞取媚，亦犹所以待赵谈、窦长君耳。为布者，当骂而弗与通，如袁盎之绝富人可也。顾乃大悦，引为上客，布至此何谬耶？

辨唐太宗臂鹞事

《通鉴》载唐太宗尝自臂鹞，望见魏徵来，纳之怀，徵奏事，故久不已，鹞竟死怀中。按白乐天元和十五年献《续虞人箴》云："降及宋璟，亦谏玄宗。温颜听纳，献替从容。及璟趋出，鹞死握中，故开元事，播于无穷。"则是宋璟谏明皇，非魏徵谏太宗也。乐天在当时耳目相接，必有据依，殆史之误；抑岂二事皆然，适相似邪？

五 代 典 章

五季承唐以后，虽兵革相寻，然去唐未远，制度典章，人犹得以持循。如萧希甫论内宴枢密使不当坐；李琪为仆射，太常礼院言无送上之文；马缟、赵咸议嫂叔之服；崔棁以宰相改其所草制，而引经固争。使当时人人能守唐制如此，岂不能久立国乎？

老泉赞画五星

老泉赞吴道子画五星云："妆非今人，唇傅黑膏。"予尝疑：霄汉星辰之尊，而妆饰乃如是之妖，何也？及观《唐·五行志》："元和末，妇人为圆鬟椎髻，不设鬓饰，不施朱粉，惟以乌膏注唇，状若悲啼。"乃悟唐之俗工作时世妆，嫁名道子，以绐流俗，星辰不如是也。

痛饮读离骚

昔人有云：痛饮读《离骚》，可称名士。世往往道其语，予常笑之。方痛饮时，天地一醉，万物同归，乃复攒眉于幽忧悲愤之作，而顾称名士邪？张季鹰云："使我有身后名，不如即时一杯酒。"真达者之言也。

通鉴不载离骚

邵公济^博著书言："司马文正公修《通鉴》时，谓其属范纯公曰：'诸史中有诗赋等，若止为文章，便可删去。'盖公之意，士欲立于天下后世者，不在空言耳。如屈原以忠废，至沈汩罗以死，所著《离骚》，淮南王、太史公皆谓可与日月争光，岂空言哉？《通鉴》并屈原事尽削去之。《春秋》褒毫发之善，《通鉴》掩日月之光，何耶？公当有深识，求于《考异》中，无之。"予谓三闾大夫以忠见放，然行吟悲怼，形于色词，扬己露才，班固讥其怨刺。所著《离骚》，皆幽忧愤叹之作，非一饭不忘君之谊，盖不可以训也。若所谓与日月争光者，特以褒其文词之美耳。温公之取人，必考其终始大节。屈原沈渊，盖非圣人之中道。区区绔章绘句之工，亦何足算也！

四六谈麈差误

古今人作诗话多矣，近世谢景思^伋作《四六谈麈》，王性之^铚作《四六话》，甚新而奇，前未尝有此。然《谈麈》载："陈去非草《义阳朱丞相起复制》云：'眷予次辅，方宅大忧。'有以'宅忧'为言者，令贴麻，陈改云'方服私艰'，说者又以为语忌。"又云："叔祖逍遥公，^{谢显道也。}初不入党籍，朱子发^震内相以初废锢，乞依党籍例，命一子官，伋为作谢启云：'刻石刊章，偶逃部党。'"按景思记此二事皆误。"宅忧"二字，乃有旨令綦处厚贴麻，去非曾待罪，非令其自贴改也。谢显道崇宁元年入党籍,至四年立奸党碑时,出籍久矣。一子得致仕恩,仅监竹木务而卒,故子发为请于朝,复得一子官,其奏牍云"名在党籍"是也。景思记当时所见,偶尔差舛,恐误作史者采取,故为是正之。

庄 嶽 齐 地 名

孟子论齐语,而曰:"引而置之庄嶽之间数年。"注:"庄嶽,齐地也。"《左传》襄公二十八年:"齐乱,伐内宫,弗克,又陈于嶽。"注:"嶽,里名也。"曹参为齐相,属后相曰:"以齐狱市为寄,勿扰也。""狱"字合从"嶽"音。盖谓嶽市乃齐闤阓之地,奸人所容,故当勿扰之耳。

卷六

成都大成殿

成都大成殿,建于东汉初平中,气象雄浑,汉人以大隶记其修筑岁月,刻于东楣,至今千余年,岿然独存,殆犹鲁灵光也。绍兴丙辰,高宗因府学教授范仲殳有请,亲御翰墨,书"大成之殿"四字赐之。其后,胡承公^{世将}宣抚川陕,治成都,诣殿周视,栋梁但为易其太腐者,增瓦数千,而不敢改其旧云。

蜀中石刻东坡文字稿

蜀中石刻东坡文字稿,其改窜处甚多,玩味之,可发学者文思。今具注二篇于此。《乞校正陆贽奏议上进札子》"学问日新"下云"而臣等才有限,而道无穷",于"臣"字上涂去"而"字;"窃以人臣之献忠",改作"纳忠";"方多传于古人",改作"古贤",又涂去"贤"字,复注"人"字;"智如子房而学则过",改"学"字作"文";"但其不幸,所事暗君",改"所事暗君"作"仕不遇时";"德宗以苛察为明",改作以"苛刻为能";"以猜忌为术,而贽劝之以推诚","好用兵,而贽以消兵为先","好聚财,而贽以散财为急",后于逐句首皆添注"德宗"二字;"治民驭将之方",先写"驭兵"二字,涂去,注作"治民";"改过以应天变",改作"天道";"远小人以除民害",改作"去小人";"以陛下圣明,若得贽在左右,则此八年之久,可致三代之隆",自"若"字以下十八字并涂去,改云"必喜贽议论,但使圣贤之相契,即如臣主之同时";"昔汉文闻颇、牧之贤",改"汉文闻"三字作"冯唐论";"取其奏议,编写进呈",涂去"编"字,却注"稍加校正缮"五字;"臣等无任区区爱君忧国感恩思报之心",改云"臣等不胜区区之意"。《获鬼章告裕陵文》自"孰知耘籽之劳"而下云"昔汉武命将出师,而呼韩来廷,效于甘露;宪宗厉精讲武,而河湟恢复,见于大中",后乃悉涂去不用;"犷彼西羌"改作"憬彼西戎";"号称右臂"改作"古称";"非爱尺寸之疆",改作"非贪";自"不以贼遗子孙"而下云"施于冲人,坐守成算,而董毡之臣阿里骨外服王爵,中藏祸心,与将鬼章首犯南川",后乃自"与将"而上二十六字并涂去,改云"而西蕃首领鬼章,首犯南川";"爰敕诸将",改作"申命诸将";"盖酬未报之恩",改作"争酬";"生擒鬼章",改作"生获";其下一联,初云"报谷吉之冤,远同强汉;雪渭水之耻,尚陋有唐"亦皆涂去,乃用此二事,别作一联云"颉利成擒,初无渭水之耻;郅支授首,聊报谷吉之冤";末句"务在服近而柔远",改作"来远"。

温 公 论 碑 志

温公论碑志,谓:"古人有大勋德,勒铭钟鼎,藏之宗庙;其葬,则有丰碑以下棺耳。秦、汉以来,始命文士褒赞功德,刻之于石,亦谓之碑。降及南朝,复有铭志,埋之墓中。使其人果大贤耶,则名闻昭显,众所称颂,岂待碑志始为人知? 若其不贤也,虽以巧言丽辞,强加采饰,徒取讥笑,其谁肯信? 碑犹立于墓道,人得见之;志乃藏于圹中,自非开发,莫之睹也。"盖公刚方正直,深嫉谀墓而云然。予尝思之,藏志于圹,恐古人自有深意。韩魏公四代祖葬于赵州,五代祖葬于博野,子孙避地,历祀绵远,遂忘所在。魏公既贵,始物色得之,而疑信相半,乃命仪公祭而开圹,各得铭志,然后韩氏翕然取信,重加封植而严奉之。盖墓道之碑,易致移徙,使当时不纳志于圹,则终无自而知矣。故予恐古人作事,必有深意。藉志以谀墓,则固不可;若止书其姓名、官职、乡里,系以卒葬岁月,而纳诸圹,观韩公之事,恐亦未可废也。

唐 严 火 禁

唐火禁严甚,罪抵死。元微之《连昌宫词》叙觅念奴事云:"须臾觅得又连催,特敕街中许然烛。"街中然烛亦常事,至特敕乃许,则火禁之严可知。然吴元济拒命,禁人偶语于涂,夜不然烛。裴晋公既平蔡,遂弛其禁,往来者不限昼夜,蔡人始知有生之乐。而中朝之法亦严,不知裴公弛禁之后,当时又何以处此邪?

二　唐　论　宰　相

唐质肃公尝论文潞公灯笼锦,而唐林夫坰尝以新法弹王荆公,后人文字间多误谓父子论宰相,为唐氏一门盛事。原其致误之由,盖质肃之子淑问、林夫之父彦猷询俱尝为监察御史。唐氏父子皆为台官则有之,至论宰相,则非出于一家也。

文　字　用　语　助

文字中用语助太多,或令文气卑弱。典谟训诰之文,其末句初无"耶"、"欤"、"者"、"也"之辞,而浑浑灏灏噩噩,列于《六经》。然后之文人多因难以见巧。退之《祭十二郎老成文》一篇,大率皆用助语,其最妙处,自"其信然邪"以下,至"几何不从汝而死也"一段,仅三十句,凡句尾连用"邪"字者三,连用"乎"字者三,连用"也"字者四,连用"矣"字者七,几于句句用助辞矣,而反覆出没,如怒涛惊湍,变化不测,非妙于文章者,安能及此? 其后欧阳公作《醉翁亭记》继之,又特尽纡徐不迫之态。二公固以为游戏,然非大手笔不能也。

夏　英　公　四　六

欧阳公《归田录》载夏英公《辞免奉使启》云:"义不戴天,难下穹庐之拜;礼当枕块,忍闻鞞鞨之音?"欧阳公称之。其中又有一联云:"王姬作馆,接仇之礼既嫌;曾子回车,胜母之游遂辍。"亦不减前语。然是时文章方扫除五代鄙陋之习,故此等语见称于时。自是而后,四六之工,盖十倍于此矣。

翟 忠 惠 四 六

翟公巽参政汝文守越，以擅免民间和买缣帛四十余万，为部使者所劾，贬秩。公谢表云："欲安刘氏，无嫌晁氏之危；岂若秦人，坐视越人之瘠。"迨去郡，郡人安其政，将相率投牒借留，公知之，命取其牒以来，即书其上云："固知京兆，姑为五日之留；无使稽山，复用一钱之送。"其用事精当若此。

四 六 用 事

四六用事，固欲切当，然雕镌太过，则反伤正气，非出自然也。国初，有年八十二而魁大廷者，其谢启云："白首穷经，少伏生之八岁；青云得路，多太公之二年。"此语殆近乎俳。近有士子年十有九，以诗赋擢第，予为之作启云："年逾贾谊，亦滥置于秀材；齿少陆机，顾何能于文赋。"盖二者之年齿，适相上下也。

吴 丞 相 著 书

吴元中丞相敏，宣和间著《中桥见闻录》，记当时事，不敢斥言，大抵多为廋语。其称"安"者，谓蔡攸，盖攸字居安；"实"者谓童贯；"木"者谓林灵素或朱勔也；他皆类是。

嬾真子辨太公名

马大年永卿著《嬾真子录》言："前汉初去古未远，风俗质略，故太公无名，母媪无姓。然《唐·宰相世系表》叙刘氏所出云：'丰公生煓，字执嘉，生四子。邦，汉高帝也。'噫！高皇之父，《汉史》不载其名，而《唐史》乃载之，此事亦可一笑。"予谓风俗虽质略，安有无姓之理？母媪无姓，特史逸之尔；至于太公之名，则《汉史》已具载。按：后汉章帝建初七年，"冬十月癸丑，西巡狩，幸长安。丙辰，祠高庙，遂有事十一陵。遣使者祠太上皇于万年。"注："太上皇，高祖父也，名煓，一名执嘉。"欧阳公盖本此，特误以执嘉为字。然太公之名，初非《唐史》创书之也。

晋人言酒犹兵

晋人云："酒犹兵也，兵可千日而不用，不可一日而无备；酒可千日而不饮，不可一饮而不醉。"饮流多喜此言。予谓此未为善饮者。饮酒之乐，常在欲醉未醉时，酣畅美适，如在春风和气中，乃为真趣；若一饮径醉，酩酊无所知，则其乐安在邪？东坡《和渊明饮酒诗序》云："吾饮酒至少，尝以把盏为乐，往往颓然坐睡，人见其醉，而吾中了然，盖莫能名其为醉其为醒也。在扬州时，饮酒过午辄罢，客去，解衣盘礴终日，欢不足而适有余，因和渊明饮酒诗，庶几仿佛其不可名者。"东坡虽不能多饮，而深识酒中之妙如此。晋人正以不知其趣，濡首腐胁，颠倒狂迷，反为所累。故东坡诗云："江左风流人，醉中亦求名。"此言真可以砭诸贤之肓也。

地里指掌图

今世所传《地里指掌图》，不知何人所作。其考穷精详，诠次有法，上下数千百年，一览而尽，非博学洽闻者不能为，自足以传远。然必托之东坡，其序亦云东坡所为。观其文浅陋，乃举子缀缉对策手段，东坡安有此语？最后有本朝升改废置州郡一图，乃有崇宁以后迄于建炎、绍兴所废置者，此岂出于东坡之手哉？

大观廷策士

大观三年，徽宗临轩策士，赐贾公安宅以下六百八十八人及第。时方行三舍法。先一岁，辟雍会试郡国贡士凡数千人，其升诸司马，命于天子者，仅百有四十人，而吾州至三十有二人，为天下最；其用他州户籍而登名者，又不止是。徽宗大喜，命推赏守臣、教官，下诏曰："学校兴崇，人材乐育，法备令具，劝惩已行。深虑有司失实，尚有遗材。《传》不云乎，'进贤受上赏，蔽贤蒙显戮。'阅前日宾兴之数，校其试中多寡，惟常州为众。苟依常格推恩，非古人尚赏之意。其知州、教授，特与转一官。"于是知州事若蒙进官朝请大夫，州学教授处迁宣德郎。诸生相与刻诏书于石，而信安程子山俱为之碑。是榜，晋陵张氏、宰、寀(后改名宿)字。无锡李氏上行、端行。兄弟皆中选。初，张氏崇宁中参政公守既擢第，至是三兄弟又同升，而弟泰州通判寀复以上舍试礼部，中优等，偶庨式被驳。于是郡太守徐公伸取"灵椿一株老，丹桂五枝芳"之句，榜其闾曰椿桂坊。是举也，邦人仕于朝者，多知名，宦达者踵相蹑。先大父讳肃。亦是岁贡士也，高宗开大元帅府于郓，实在馈运幕中，后驻跸广陵，首召入馆，馆罢归隐锡山。建炎末。枢密富公直柔为中执法，以先大父及参政陈公与义、中书舍人张公犯御名。论荐，高宗记忆先大父姓名，亟加收召。二公既赴阙，并跻显用，而先大父独不起。参政张公守累书勉谕，卒不行，天下高之。建炎召札，今名儒巨公嘉尚清节，题跋盈轴云。

青唐燕山边赏

先大父有《手记》云：余靖康丁未正月六日，被随军漕檄差，专一主管受给兵马大元帅府犒军金帛钱物二十万贯匹两，因见梁正夫说："收复燕山时，童贯于瓦桥置司，朝廷支一百万贯匹两犒军，曰降赐库，而河朔诸郡助军之数不与焉。是时，吕元直为河北转运使，以本司钱四十万缗献之，贯顾吕公笑曰：'此甚微末，公以为功耶？贯昨收复青唐时，朝廷支降一千八百万贯，辟置官属六百余员，每一次犒赏得金盂重五十两者，比比皆是。至结局第功，上等转五官，升五职；其下增秩，亦如之。'"

道乡记毗陵后河

　　吾州道乡先生书郡中后河兴废曰："郡城中所谓后河者,乃旧守国子博士李公馀庆创开。李公精地理,诱率上户共成此河,且曰:'自此文风寖盛,士人相继登高科,三十年当有魁天下者。尔之子孙,咸有望焉。'河成未几,学者果盛,已而紫微钱公公辅登第为第三,右丞胡公宗愈继为第二,吏部余公中遂魁天下。其去河成之日,适三十年,盖熙宁癸丑也。自后,濒河之民多侵岸为屋,及弃物水中,由是堙塞,久不通舟。崇宁初年,给事中朱公彦出守于此,询究利病,得其实。于是浚而通之,向之形胜复出矣。今给事中霍公端友,遂于次年魁天下士。是岁,岁在癸未,去熙宁癸丑,适又三十年。霍氏居河上游,河势曲折,朝揖其门,钟聚秀气,世有名人。今知太平州霍公汉英与其侄给事,数十年间相望起东南,为时显用。然则形胜之助,孰谓不可信乎?"李公葬州之横山,民病疟者,取其坟土服之,辄愈。今朝散郎撰,乃其孙也。右道乡所记,详悉如此,盖有望于后之人。是河,自罗城南水门分荆溪之流,经月斜、金斗、顾塘、葛桥,至于土桥,以入于漕渠。近岁堙塞,将成通衢矣,至淳熙十四年,林太守祖洽始复浚之。

江 西 长 老

　　绍兴末,江西一僧,忘其名,住饶州荐福寺。寺傍旧多隙地,寖为人侵渔,僧自度力不能制,乃谓其徒曰:"寺有主者,所以主张是寺也。坐视地为他人有而不能直,焉用主者为? 吾甚愧之,今当去矣。"即升座鸣鼓集众,高吟曰:"江南江北水云乡,千顷芦花未著霜。好景不将零碎卖,一时分付谢三郎。"遂闭目不语。众愕眙,视之已逝矣。

石 刻 多 失 真

　　石刻多失真者,非惟摹拓肥瘠差谬而已。至于刊造之际,人但知深刻可以传远,设若所书字本清劲,镌刻稍深,则打成墨本,纸必陷入,泊装褫既平,以书丹笔画较之,往往过元本倍蓰。此大弊也。欧阳公记李阳冰书《忘归台铭》等三碑,比阳冰平生所篆最细瘦,世言此三石皆活,岁久渐生,刻处几合,故细尔。后之建碑者,倘遇此等石,则其失真,尤可知矣。

唐藩镇传叙

或云欧阳公取《新唐书》列传,令子叔弼读,而卧听之,至《藩镇传》叙,叹曰:"若皆如此传叙,笔力亦不可及。"此恐未必然。《藩镇传》叙乃全用杜牧之《罪言》耳,政如《项羽传》赞掇取贾生《过秦论》,故奇崛可观,而非迁、固之文也。

退之赠李愿诗

退之赠李愿诗云:"往取将相酬恩仇。"夫得时得位而至将相,平生所学政欲施用,顾乃悻悻然为酬恩仇设邪?古人谓一饭之德必偿,睚眦之怨必报,诚浅薄之论。退之亦为此言,何也?

张横浦读书

张侍郎九成谪南安,病目,执书倚柱,向明而观者凡十四年。岁月既久,砖上双跌隐然。泊北归,乃书此事于柱,后人为刻之。

楚词落英

王荆公有"黄昏风雨满园林,篱菊飘零满地金"之句,欧阳公曰:"百花尽落,独菊枝上枯耳?"因戏曰:"秋花不比春花落,为报诗人子细看。"荆公闻之,引《楚词》"夕餐秋菊之落英"为据。予按:《访落》诗"访予落止",毛氏曰"落,始也",《尔雅》"俶、落、权、舆,始也",郭景纯亦引"访予落止"为注。然则《楚词》之意,乃谓撷菊之始英者尔。东坡《戏章质夫寄酒不至》诗云"谩绕东篱嗅落英",其义亦然。

米元章拜石

米元章守濡须,闻有怪石在河壖,莫知其所自来,人以为异而不敢取。公命移至州治,为燕游之玩。石至而惊,遽命设席,拜于庭下曰:"吾欲见石兄二十年矣!"言者以为罪,坐是罢去。其后竹坡周少隐过是郡,见石而感之,为赋诗,其略曰:"唤钱作兄真可怜,唤石作兄无乃贤?望尘雅拜良可笑,米公拜石不同调"云。

孟子之平陆

孟子之平陆,与其大夫言,反复再四,至言之齐王处,然后尽出其姓名,首尾相避,森然简严。此文章之法也。

叵　字

叵字,乃"不可"二合,其义亦然。史传多连用"叵可"字,盖重出,如《安禄山传》"叵可忍"之类是也。

论　书　画

书与画,皆一技耳,前辈多能之,特游戏其间;后之好事者争誉其工,而未知所以取书画之法也。夫论书,当论气节;论画,当论风味。凡其人持身之端方,立朝之刚正,下笔为书,得之者自应生敬,况其字画之工哉?至于学问文章之余,写出无声之诗,玩其萧然笔墨间,足以想见其人,此乃可宝。而流俗不问何人,见用笔稍佳者,则珍藏之;苟非其人,特一画工所能,何足贵也?如崇宁大臣以书名者,后人往往唾去,而东坡所作枯木竹石,万金争售,顾非以其人而轻重哉?蓄书画者,当以予言而求之。

卷七

作 诗 押 韵

作诗押韵是一奇。荆公、东坡、鲁直押韵最工,而东坡尤精于次韵,往返数四,愈出愈奇。如作梅诗、雪诗押"瞰"字、"叉"字,在徐州与乔太博唱和押"粲"字,数诗特工,荆公和"叉"字数首,鲁直和"粲"字数首,亦皆杰出。盖其胸中有数万卷书,左抽右取,皆出自然。初不著意要寻好韵,而韵与意会,语皆浑成,此所以为好。若拘于用韵,必有牵强处,则害一篇之意,亦何足称?坡在岭外《和渊明怀古田舍》诗云:"休闲等一味,妄想生愧赧。"自注云:"渊明本用'缅'字,今聊取其同音字。"《和程正辅同游白水岩》诗云:"恣倾白蜜收五棱,细斸黄土栽三桠。"自注云:"来诗本用'砰'字,惠州无书,不见此字所出,故且从'木'奉和。"且东坡欲和此二韵,似亦不难矣,然才觉牵合,则宁舍之,不以是而坏此篇之全意也。后人不晓此理,才到和韵处,以不胜人为耻,必剧力冥搜,纵不可使,亦须强押,正如醉人语言,全无伦类,可以一笑也。

诗 人 咏 史

诗人咏史最难,须要在作史者不到处别生眼目,正如断案不为胥吏所欺,一两语中须能说出本情,使后人看之,便是一篇史赞,此非具眼者不能。自唐以来,本朝诗人最工为之,如张安道《题歌风台》、荆公咏《范增》《张良》《扬雄》、东坡《题醉眠亭》《雪溪乘兴》《四明狂客》《荆轲》等诗,皆其见处高远,以大议论发之于诗。汪遵《读秦史》、章碣《题焚书坑》二诗,亦甚佳。至如世所传胡曾《咏史》诗一编,只是史语上转耳,初无见处也。青社许表民读《项羽传》作诗云:"眼中谩说重瞳子,不见山河绕雍州。"其识见亦甚高远。

作 诗 当 以 学

作诗当以学,不当以才。诗非文比,若不曾学,则终不近诗。古人或以文名一世而诗不工者,皆以才为诗故也。退之一出"余事作诗人"之语,后人至谓其诗为押韵之文。后山谓曾子固不能诗、秦少游诗如词者,亦皆以其才为之也。故虽有华言巧语,要非本色。大凡作诗以才而不以学者,正如扬雄求合《六经》,费尽工夫,造尽言语,毕竟不似。

诗 作 豪 语

诗作豪语,当视其所养,非执笔经营者可能。马子才作《浩斋歌》,似亦豪矣,反覆观之,雕刻工多,意随语尽。予谓《孟子》七篇乃真《浩斋歌》也。欧公作《庐山高》,气象壮伟,殆与此山争雄,非公胸中有庐山,孰能至此!郭功甫作《金山行》,前辈多称之,虽极力造语,而终窘边幅。信乎不可强也。

东坡论石曼卿红梅诗

东坡尝见石曼卿《红梅》诗云"认桃无绿叶,辨杏有青枝",曰:"此至陋语,盖村学中体也。"故东坡作诗力去此弊,其观画诗云:"论画以形似,见与儿童邻。赋诗必此诗,定知非诗人。"此言可为论画、作诗之法也。世之浅近者不知此理,做月诗便说明,做雪诗便说白,间有不用此等语,便笑其不著题。此风,晚唐人尤甚。坡尝作《谢赐御书诗》,叙天下无事,四夷毕服,可以从容翰墨之意,末篇云:"露布朝驰玉关塞,捷书夜到甘泉宫。"又云:"文思天子师文母,终闭玉关辞马武。小臣愿对紫薇花,试草尺书招赞普。"盖因事讽谏,三百篇之义也。而或者笑之曰:"有甚道理后说到陕西献捷。"此岂可与论诗,若使渠为之,定只做一首写字诗矣。

东 坡 放 鱼 诗

东坡《和潜师放鱼》诗云:"况逢孟简对卢全,不怕校人欺子美。"
或云校人乃欺子产,非子美也,岂少陵曾用校人事,遂直以为子美邪?
予按《左氏》杜预注:子产一字子美。

东 坡 雪 诗

东坡雪诗:"五更晓色来书幌,半夜寒声落画檐。"或疑五更自应
有晓色,亦何必雪?盖误认五更字。此所谓五更者,甲夜至戊夜尔,
自昏达旦,皆若晓色,非雪而何?此语初若平易,而实新奇,前人未尝
道也。

王逢原孔融诗

王逢原《孔融》诗云:"戏拨虎须求不哂,何如缩手袖中归。虚云
座上客常满,许下惟闻哭习脂。"按《汉书》,融被害,莫敢收者,惟京兆
脂习哭之。而逢原乃作习脂,读书卤莽,不自点检,顾点检孔文举。
又尝作《严子陵》诗,讥切其隐。文举一世豪杰,奸雄所惮而不敢动,
而顾使之归;子陵傲睨万物,帝王所不能臣,而顾使之仕。逢原之颠
倒类如此,可发后世君子之一笑。

潘邠老重阳句

谢无逸尝从潘邠老求近作,邠老答曰:"秋来景物,件件是佳句,
恨为俗氛所蔽。昨日清卧,闻撼林风雨声,欣然起题其壁曰:'满城风
雨近重阳。'忽催租人至,遂败意。止此一句奉寄。"予谓邠老之兴,正
易败也。阮籍为竹林之游,王戎后至,籍戏之曰:"俗物已复来败人

意。"戎笑曰："如卿辈意,复易败耳?"此足见戎之高致。若使予闻秋声得句,方题壁间,不知天地之大,秋毫之小,何催租人能败邪? 贾岛炼"敲"、"推"字,至冲京尹节而不知,此正得诗兴之深者。

孟 东 野 诗

自六朝诗人以来,古淡之风衰,流为绮靡,至唐为尤甚。退之一世豪杰,而亦不能自脱于习俗。东野独一洗众陋,其诗高妙简古,力追汉、魏作者,政如倡优杂沓前陈,众所趋奔,而有大人君子垂绅正笏,屹然中立。此退之所以深嘉屡叹,而谓其不可及也。然亦恨其太过,盖矫世不得不尔。当时独李习之见与退之合。后世不解此意,但见退之称道东野过实,争先讥诮,东野反为退之所累。惜乎! 无有原其本意者也。

唐 诗 工 靡 丽

唐人诗偏工靡丽,虽李太白亦十句九句言妇人,其后王建、元稹、韩偓之徒皆然。如裴说者,盖未尝以诗名,至作《寄边衣》诗,则美丽可喜,盖当时词章习尚如此,故人人能道此等语也。

张 文 潜 诗

张文潜诗云"春波一眼去凫寒",晁无咎称之。至东坡,则云"春风在流水,凫雁先拍拍",有无尽藏之春意。

诗 人 用 字

王平甫诗云"山月入松金破碎",其流盖出于退之"竹影金琐碎"之句。然斜阳映竹,则交加乱射,若相琐然,故于"琐"字为宜;至于月华散漫,松影在地,则"破"字佳。诗人用字,皆不苟也。

杜少陵闷诗

杜少陵作《闷诗》云："卷帘惟白水，隐几亦青山。"或曰："人之好恶固自不同，若使吾居此，当卒以乐死矣。"予以为不然。人心忧郁，则所触而皆闷，其心和平，则何适而非快。青山白水，本是乐处；苟其中不快，则惨澹苍莽，适足以增闷耳！少陵又有诗云："感时花溅泪，恨别鸟惊心。"花、鸟本是平时可喜之物，而抑郁如此者，亦以触目有感，所遇之时异耳。

方言入诗

方言可以入诗。吴中以八月露下而雨，谓之牋露；九月霜降而云，谓之护霜。竹坡周少隐有句云："雨细方牋露，云疏欲护霜。"方言又有勃姑、鸦舅、槐花黄、举子忙，促织鸣、懒妇惊之类，诗人皆用之。大抵多吴语也。

明妃曲

古今人作《明妃曲》多矣，皆道其思归之意。欧阳公作两篇，语固杰出，然大概亦归于幽怨。白乐天有绝句云："汉使若回烦寄语，黄金何日赎蛾眉？君王若问妾颜色，莫道不如宫里时。"其措意颇新，然问"黄金何日赎蛾眉"，则亦寓思归之意。要当言其志在为国和戎，而不以身之流落为念，则诗人之旨也。

陈子高观宁王进史图诗

陈子高观《宁王进史图》，作诗云："汗简不知天上事，至尊新纳寿王妃。"世称其工，然太露筋骨矣。李义山《骊山》诗云："平明每幸长生殿，不从金舆只寿王。"此则婉而有味，《春秋》之称也。

陈辅之论林和靖梅诗

陈辅之云："林和靖'疏影横斜水清浅，暗香浮动月黄昏'，殆似野蔷薇。"是未为知诗者。予尝踏月水边，见梅影在地，疏瘦清绝，熟味此诗，真能与梅传神也。野蔷薇丛生，初无疏影，花阴散漫，乌得横斜也哉？

张 芸 叟 词

张芸叟词云："回首夕阳红尽处，应是长安。"人喜诵之。乐天《题岳阳楼》诗云："春岸绿时连梦泽，夕波红处近长安。"盖芸叟用此换骨也。

诗 人 相 呼

古者风俗淳厚，朋友相呼以名，至唐，诗人犹以名相呼，或直呼其行而不忌。如杜子美赠李太白诗，而云"白也诗无敌"之类是已。直呼其行者尤多。今人闻呼其名，其不怒骂者几希。至于文字间欲呼其行，或继之以"丈"，或继之以"兄"，或继之以官，亦未尝敢徒呼其行也。

禁 东 坡 文

宣和间，申禁东坡文字甚严，有士人窃携《坡集》出城，为阍者所获，执送有司，见集后有一诗云："文星落处天地泣，此老已亡吾道穷。才力谩超生仲达，功名犹忌死姚崇。人间便觉无清气，海内何曾识古风？平日万篇谁爱惜？六丁收拾上瑶宫。"京尹义其人，且畏累己，因阴纵之。

王左丞同名诗

王履道左丞安中在京师,见何人家亭上题字,笔势洒落,不著姓,而其名则安中也,王惊问何人所书,守者曰:"此何安中,亦河朔人也。"王以与己名同,恐人莫之辨,戏书一诗于其后云:"蜀客更名缘好尚,汉臣书姓为同官。孟公自合名惊座,子夏尤宜便小冠。益号文章缘两李,翊书制诰有诸韩。二元各自分南北,付与时人子细看。"终篇皆用同名事云。

雍　孝　闻

雍孝闻,蜀人,崇宁间廷试对策,力诋时政阙失,驳放后虽授以右列,然卒不仕,浪迹山林,遂遇异人得道。政和末,变姓名为道士,入内说法,徽宗谓其得林灵素之半,因赐姓木,更名广莫,竟不知其为孝闻也。孝闻尝自咏云:"百万人中隐一身,深如勺水在沧溟。独醒自负贤人酒,天阔难寻处士星。照影自怜湖水碧,高吟赢得蜀山青。城南老树如相问,不枉翻空过洞庭。"

二　州　酒　名

叙州,本戎州也。老杜戎州诗云:"重碧倾春酒,轻红擘荔枝。"今叙州公酝,遂名以"重碧"。东坡在齐安,有"春江绿涨蒲萄醅"之句,靖康初元,韩子苍舍人驹作守,有旨添赐郡酿,因名其库曰"蒲萄醅",仍有诗云:"孤臣政术不堪论,尚得君王赐酒尊。父老异时传盛事,蒲萄醅熟记初元。"

三　处　西　湖

三处皆有西湖,东坡连镇二州,故表谢云:"入参两禁,每玷北扉之荣；出典二邦，辄为西湖之长。"晚谪惠州，州有丰湖，亦名西湖。淳熙中，秘书杨监万里使广东，过惠，游丰湖，赋诗云："三处西湖一色秋，钱塘颍水更罗浮。东坡元是西湖长，不到罗浮便得休。"

毗　陵　二　画

吾州天庆观画龙、太平寺画水，胜绝之笔，闻于天下。凡四方来者，道出毗陵，必迂路而观焉。龙，盖姑苏道士李怀仁所画。怀仁者，酒豪不羁，尝呼龙松江之上，狎而观之，遂画龙入神品。过毗陵天庆观，大醉，索墨浆数斗，曳苕帚，裂巾袂濡墨，号呼奋踯，斯须龙成。观者失声辟易，惧将搏也。怀仁后不知所终。而好事者，每呼画工就龙模写。工运笔之际，辄眩晕欲仆，竟不能成，观者骇异。水则郡人徐友画。清济贯河，一笔纡绕，长数十丈不断。却立而观，涛澜汹涌，目为之眩；仰首近之，凛然若飞流之溅于面也。郡人吴德辉因与客论近世名画，曰："予每至画龙处，辄谛玩弥时不能休。"乃赋古风曰："道人龙中来，醉与神物会。写兹蜿蜒质，日月为冥晦。崩翻江海姿，素壁起涛濑。呼吸见雌雄，抉石疑可碎。萧森殿阴古，众真俨飞旆。注观恐腾跃，夜半失像绘。飞光者明珠，灵秘一何怪！烂烂照甍栋，那得久在外。偷儿伺酣睡，不怕婴鳞害。愿言慎所托，未用期一快。"淳熙戊戌，杨诚斋为太守，过太平寺，为赋《画水》长句曰："太平古寺劫灰余，夕阳惟照一塔孤。得得来看还不乐，竹茎荒处破殿虚。偶逢老僧听僧话，道是壁间留古画。徐生绝笔今百年，祖师相传妙天下。壁如雪色一丈许，徐生画水才盈堵。横看侧看只么是，分明是画不是水。中有清济一线波，横贯万里浊浪之黄河。雷奔电卷尽渠猛，独清元自不随他。波痕尽处忽掀怒，搅动一河秋水暮。分明是水不是画，老眼向来元自误。佛庐化作金桅楼，银山雪堆风打头。是身飘然在中流，夺得太一莲叶舟。僧言此画难再觅，官归江西却相忆。并州剪刀剪不得，鹅溪匹绢官莫惜。貌取秋涛悬坐侧。"是二画为一郡之胜处，而二公又形之赋咏间，真足以传不朽矣。

画　水

　　东坡作《文与可画篔筜谷偃竹记》云："画竹必先得成竹于胸中，执笔熟视，乃见其所欲画者，急起从之，振笔直遂，以追其所见，如兔起鹘落，少纵则逝矣。与可之教予如此。"此固作画之法，然不惟竹也，画水亦然。坡尝记："蜀人孙知微欲于大慈寺寿宁院壁，作湖滩水石四堵，营度经岁，终不肯下笔。一日，仓皇入寺，索笔墨甚急，奋袂如风，须臾而成，作输泻跳蹙之势，汹汹欲崩屋也。"以此言之，则心手相应之际，间不容发，非若楼台人物可以款曲运笔，经日而成也。予尝疑少陵《王宰画山水图歌》云："十日画一水，五日画一石。能事不受相促迫，王宰始肯留真迹。"此殆是言王宰之画不易得，当听其累日经营，不可促迫之意尔。其歌有云："巴陵洞庭日本东，赤岸水与银河通。中有云气随飞龙。舟人渔子入浦溆，山木尽亚洪涛风。"观其气势如此，则"笔所未到气已吞"。食顷已为久，若必俟十日乃成，则其画不足观矣。

卷八

苏子美与欧阳公书

苏子美奏邸之狱，当时小人借此以倾杜祁公、范文正，同时贬逐者皆名士，奸人至有"一网打尽"之语。独韩魏公、赵康靖论救之，而不能回也。其得罪在庆历四年之十一月，时欧阳公按察河北，子美贻书自辨于公，词极愤激，而集中不载，今录于此，以补史所遗者云。"舜钦再拜。冬凛，伏惟按部外起居安裕。前月尝拜书，甚疏略，必已通呈。舜钦不晓世病，蹈此祸机，虽为知已者羞，而内省实无所愧。恐流言奉惑，不避缕述。自杜丈入相已来，群公日相攻谤，非一端也。九月末，间尝与子渐、胜之邸中小饮，之翰、君谟见过，胜之言论之间，时有高处，二谏因与之辨折，本皆戏谑，又无过言。此亦吾曹常事。不一二日，朝中喧然以谓谤及时政。吁，可骇也！故台中奏疏，赵祐怒二谏，尝论其不才故也。天子辨其诬，不下其削。台中郁然不快，无所泄愤，因本院神会，又意君谟预焉，时君谟与赴会诸君同出馆，过邸门。于是再削，其削亦留中不出。诸台益忿，重以秽渎之语上闻，列章墙进，取必于君，知二相胆薄畏事，必不敢开口以辨。既而起狱，震动都邑，又使刻薄之吏当之，陶翼本宪长所举中人，追押席客，皆翼之请也。希望沽激，深致其文，枷掠妓人，无所不至。设有自诬者，则席宾皆遭污辱矣！且进邸神会，比年皆然，亦尝上闻，盖是公宴。台中谓去端闱不远，以榷货务较之，孰近？榷务后邸中，两日作会甚盛。若谓费用过当，以商税院比之，孰多？舜钦或非时为会，聚集不肖，则是可责也。原叔、济叔辈，皆当世雅才，朝廷尊用之人，因事燕集，安足为过？卖故纸钱旧已奏闻，本院自来支使，判署文记前后甚明，况都下他局亦然。不系诸处帐管。比之外郡杂收钱，岂有异也？外郡于官地种物收利之类甚多，下至粪土、柴蒿之物，往往取之，以助筵会。当时本恶于胥吏辈率酿过多，遂与同官各出俸钱外，更于其钱中支与相兼，皆是祠祭燕会，上下饮食共费之。今以监主自盗定罪，减死一等科断，使除名为民，与贪吏掊官物入己者一同。始府中敕断，追两官，罚铜二十斤；后六日，府中复遣吏来取出身文字，殊不晓。阁下观其事，察其情，岂当然乎？舜钦虽不足惜，为国计者，岂不惜法乎？自有他条不用。私贷官物，有文记准盗论，不至除名，判署者五匹、杖九十，其法甚轻。审刑者自为重轻，不由二府，苟务快意，坏乱典刑。丁度怒京兆不逐之翰也。二相恐栗畏缩，自保其位，心知非是，不肯开言。上有怒意，皆不敢承当。复令坐客因饮食被刑，斥逐奔窜，衔愤沥血，无人哀矜，名辱身冤，为仇者所快。辇毂之下尚尔，远民冤滥，孰肯更为辨之！近者葛宗古、滕宗谅、张亢所用官钱巨万，复有入己，惟范公横身当之，皆得末减。非范公私此三人，于朝廷大体实有所补多矣！国朝本以仁爱抚天下，常用宽典。今一旦台中蓄私憾，结党绳小过以陷人，审刑持深文以逞志，伤本朝仁厚之风，当涂者得不疾首而叹息也？舜钦年将四十矣，齿摇发苍，才为大理评事，禀禄所入不足充衣食，性复不能与凶邪之人相就近。今得脱去仕籍，非不幸也。自以所学教后生，作商贾于世，必未至饿死，故当缄口远遁，不复更云。但以遭此构陷，累及他人，故愤懑之气不能自平，时复嵘岹于胸中，一夕三起。茫然天地间，无所赴诉。天子仁圣，必不容奸吏之如此，但举朝无一言以辨之，此可悲也！披垣诸君列章论馆中人，此自古未有。唯赵叔平不署，且有削极言辨之，可重，可重！舜钦素为永叔奖爱，故粗写大概，幸观过而见察也。苦寒，伏望保重。不宣。舜钦再拜。"欧阳公书其后云："子美可哀，吾恨不能为之言。"又联书一行云："子美可哀，吾恨不能言！"盖公已自谏省出矣。予近见子美墨迹一卷，皆自书其所作诗，行草烂然，龙蛇飞动，其中有《独酌》一诗云："一酌浇肠俗虑奔，鹩微鹏大岂堪论。楚灵当日能知此，肯入沧江作旅魂。"卷尾题云"庆历乙酉十月，书于姑苏驿舍"。考其时，盖是被罪之明年，居沧浪时所书。其诗语闲放旷达如此，或谓流落幽忧以终，非也。

陈少阳遗文

陈少阳遗其家书，南徐刻本以传，人多知之，而其为文，世所罕见。胡苍梧尝得其《跋蔡君谟〈茶录〉》，予惜其流落不传，为载于此。少阳跋云："余闻之先生长者，君谟初为闽漕时，出意造密云小团为贡物，富郑公闻之，叹曰：'此仆妾爱其主之事耳，不意君谟亦复为此。'余时为儿，闻此语，亦知感慕。及见《茶录》石本，惜君谟不移此笔书《旅獒》一篇以进。"

韩蕲王词

绍兴间，韩蕲王自枢密使就第，放浪湖山，匹马数童，飘然意行。一日至湖上，遥望苏仲虎尚书宴客，蕲王径造其席，喜甚，醉归。翼日，折简谢，饷以羊羔，且作二词，手书以赠。苏公缄藏之，亲题其上云："二阕三纸，勿乱动。"淳熙丁未，苏公之子寿父山丞太府，携以示蕲王长子庄敏公，庄敏以示予。字画殊倾欹，然其词乃林下道人语。庄敏云："先人生长兵间，不解书，晚年乃稍稍能之耳。"其一词《临江仙》云："冬看山林萧疏净，春来地润花浓。少年衰老与山同。世间争名利，富贵与贫穷。　荣贵非干长生药，清闲是不死门风。劝君识取主人公。单方只一味，尽在不言中。"其一《南乡子》云："'人有几何般。富贵荣华总是闲。自古英雄都如梦，为官。宝玉妻男宿业缠。　年迈惜衰残。鬓发苍浪骨髓干。不道山林有好处，贪欢。只恐痴迷误了贤。'世忠上。"

烈女守节

中兴死节之士固不乏，而女子守节者亦多有之。洪鸿父羽之女适繁昌焦洧，一日遇巨盗于江中，欲逼之，女义不受污，投江而死。两侍儿，大曰宜恩，小曰均奴，姓吴氏，女兄弟也，俱有色艺，亦相随赴水死。焦之甥徐伯远传其事，竹坡周少隐为之赋二诗云："就死由来不自疑，玉颜那为贼锋低？了知今日投渊妇，犹胜当年断臂妻。""虏骑骎骎战舰骄，春江漫漫湿金翘。但将红袖供歌舞，却为周郎笑二乔。"丁文简公五世孙女世为郑州新郑县人，年十六嫁进士张晋卿。靖康中,与其夫避地大隗山。虏至,丁被擒,挟之上马,丁投地,以丑语诟之,且曰:"我宁死耳,誓不辱于汝辈也!"虏始亦不怒,但屡扶上马,丁骂不已,乃忿然瞋目,遂绝于梃下。晏元宪公四世孙女,其父孝广为邓州南阳县尉。女小字师姑,年十五,从叔孝纯官于广陵。建炎三年,陷于虏,系以北去,每欲侵陵之,辄掷身于地,僵仆气绝,或自经,或投于井,皆救而获免。其主母爱之,扶育如己出,虏中争传夸焉。又有陈氏女,其父寿隆,绍兴初为湖北提刑,卒于官。其子造之,挈妹至吴,欲适吕丞相之子。舟至焦山遇贼,其家被害。贼欲逼女,力拒之,大声呼其婢曰:"不如俱投江,俾此身明白,无为贼辱。"因跃入水死。其尸浮数里不没,贼怒,因撞以矛,乃没。女时年十四。洪氏事,周少隐既赋诗,关子东注亦写之乐府。丁、晏二事,则朱少章弁奉使归奏之。陈氏事,则故老为予言。古今烈女,史官不及知而湮灭无传者,何可胜数,是以表而出之。

<h2 style="text-align:center">改 德 士 颂</h2>

宣和庚子,改僧为德士,一时浮屠有以违命被罪者。独一长老遽上表乞入道,其辞有"习蛮夷之风教,忘父母之发肤;傥得回心而向道,便更合掌以擎拳"等语。彼方外之人,乃随时迎合如此,亦可怪也。又一长老,道行甚高,或戏之曰:"戴冠儿稳否?"答曰:"幸有一片闲田地。"此意甚微婉,直以为游戏耳。时饶德操已为僧,因作《改德士颂》云:"自知祝发非华我,故欲毁形从道人。圣主如天苦怜悯,复令加我旧冠巾。旧说蜈蚣逢蛴蠃,异时蝴蝶梦庄周。世间化物浑如梦,梦里惺惺却自由。德士旧尝称进士,黄冠初不异儒冠。种种是名名是假,世人谁不被名谩。衲子纷纷恼不禁,倚松传与法安心。瓶盘钗钏形虽异,还我从来一色金。小年曾著书生帽,老大当簪德士冠。此身无我亦无物,三教从来处处安。"

英 雄 先 见

古之英雄,智略相当,其所以为胜负者,无他,正如弈棋,特争先法尔。曹操赤壁败归,道经华容,地多芦苇,先使老弱践之以过,曰:"刘备智过人,而见事迟。若使人纵火,吾属无遗类矣!"王稽载范睢入秦,值穰侯行郡邑,睢匿车中,穰侯果谓王稽曰:"谒君得无与诸侯客子俱来乎?无益,徒乱人国耳!"王稽曰:"不敢。"即别去。范睢曰:"吾闻穰侯智士也,其见事迟。乡者疑车中有人,忘索之。"于是范睢下车走,曰:"此必悔之。"行十余里,果使骑还索,车中无客,乃已。且穰侯既疑有人,当即索之,投机之会,间不容发,顾去而复来,则已堕睢计中矣。后人论曹操、刘备之强弱,穰侯、范睢之成败,不必求诸他,止观此二事足矣。

树 稼 灵 佺 误

《唐会要》:开元二十九年冬十月,京城寒甚,凝霜封树,学者以为《春秋》"雨木冰"即是,亦名树介,言其象介胄也。宁王见而叹曰:"此所谓树架者也。谚云'树架,达官怕',必有大臣当之,吾其死矣!"《新唐书·五行志》记永徽年凝冻封树,引刘向语,亦谓之"树介"。而《旧唐书》作"树稼"。白乐天乐府《新丰折臂翁》云:"君不见开元宰相宋开府,不赏边功防黩武。"注云:"开元初,突厥数寇边,天武军牙将郝云岑斩默啜,献首阙下,自谓有不世之功。时宋璟为相,以天子好武,恐徼功者生心,痛抑其赏,逾年始授郎将。云岑遂恸哭,呕血而死。"按此,则名云岑,而《旧唐书》作"灵俭",《新唐书》作"灵佺"。《资治通鉴》作"灵荃",《考异》中亦无之。

陆 宣 公 哀 方 书

陆宣公在忠州,哀方书以度日,非特假此以避祸,盖君子之存心,无所不用其至也。前辈名士往往能医，非惟卫生，亦可及物，而今人反耻言之。近时士大夫家藏方或集验方，流布甚广，皆仁人之用心。《本草》单方，近已刻于四明。然唐人及本朝诸公文集杂说中，名方尚多，未见有类而传之者。予屡欲为之，恨藏书不广，傥有能用予言，集以传诸人，亦济物之一端也。

药　方　传　人

有蓄药方之验者，可传诸人；得饮食之法者，不可传诸人。非谓自珍口腹之奉也：盖传人以药，则能卫生；教人饮食，则必伤生。君子以仁存心，故不当尔。而世人有疾病，得名方而愈者，往往秘藏不肯示人；至于烹物命以资匕箸，一有适口，则夸诧广坐，人人相效，所杀不胜计。其用心相反如此，得无谬误乎？

闻见后录论田横

邵公济博著《闻见后录》云："田横居万里海外，高祖必欲其来，不则发兵诛之。四皓近在商山，以高祖之暴而不能致。盖四皓振世之豪，与高祖同，高祖已帝，则可隐矣，故高祖全之，非不能屈也。大父康节云。"公济之说如此，予窃以为不然。方高帝时，群雄逐鹿，惟田横最得人心，至从海岛者五百人，蹈死不变，其得士可知矣。高帝汲汲欲其来，万里召之，岂真有意于招贤人哉？其意谓同心协力，数百人萃于一国，彼岂终帖帖者邪？外以礼诱之，终以兵胁之，必使之死而后已，此高帝本心也。若夫四皓，则高帝视之邈然，其于进退，初无益于汉之成败，当时逃秦人，皆此徒耳，汉初无轻重于其间也。其后为太子羽翼，适会高帝势有不可，又叔孙通之徒争之力，故子房倡为"上素高此四人"之语，以遮当世耳目。而邵氏独以道里远近为言，又谓康节之说如此，岂其然邪？

程文简碑志

《闻见后录》又云："某公在章献明肃后垂箔日，密进《唐武氏七庙图》，后怒抵之地曰：'我不作负祖宗事！'仁皇帝解之曰：'某但欲为忠耳。'后既上宾，仁皇帝每曰：'某心行不佳。'后竟除平章事。盖仁皇帝盛德大度，不念旧恶故也。自某公死，某公为碑、志，极其称赞，天下无复知其事者矣，某公受润笔帛五千端云。"予按颍滨《龙川略志》载，进《七庙图》乃程文简也。夫善恶之实，公议不能掩，所谓史官不记，天下亦皆记之矣。然程公墓志、神道碑，皆欧阳公所为。凡碑、志等文，或被旨而作，或因其子孙之请，扬善掩恶，理亦宜然。至于是是非非，则天下自有公论。欧阳公一世正人，而谓受润笔帛五千端，人不信也。

称象出牛之智

智之端，人皆有之，惟智过人者能发其端，后人触类而长之，无所不可。魏曹冲五六岁，有成人之智。孙权曾致巨象，曹操欲知其重，冲曰："置象大船之上，而刻其水痕所至，称物而载之，则校可知矣。"操大悦而行之。本朝河中府浮梁，用铁牛八维之，一牛且数万斤。治平中，水暴涨绝梁牵，牛没于河，募能出之者。真定府僧怀丙，以二大舟实土，夹牛维之，用大木为权衡状钩牛，徐去其土，舟浮牛出。转运使张焘以闻，赐以紫衣。此盖因曹冲之遗意也。

士人祈闲适

有士人贫甚，夜则露香祈天，益久不懈。一夕，方正襟焚香，忽闻空中神人语曰："帝悯汝诚，使我问汝何所欲。"士答曰："某之所欲甚微，非敢过望，但愿此生衣食粗足，逍遥山间水滨，以终其身，足矣！"神人大笑曰："此上界神仙之乐，汝何从得之？若求富贵，则可矣。"予因历数古人极贵念归而终不能遂志者，比比皆是，盖天之靳惜清乐，百倍于功名爵禄也。

蔡　條　著　书

蔡條奸人，助其父为恶者也，特以在兄弟间粗亲翰墨，且尝上书论谏，故在当时稍窃名。著书甚多，大抵以奸言文其父子之过，此固不足怪。至《谈丛》所载其家佞幸滥赏、可丑可羞之事，反皆大书特书以为荣。此乃窜南荒时所作，至是犹不悟，真小人而无忌惮者哉！

卷九

刘 高 尚 事

　　刘高尚者，滨州安定人，家世为农。生九岁不茹荤，后稍稍不语，问以事，则书而对，其语初若不可晓，已而辄验。家人为筑别室以居，久之，言皆响应，远近以为神。声闻京师，徽宗三使往聘之，辞疾不奉诏。宣和间，赐号高尚处士，而建观以居，其徒因以其号名之。靖康之扰，棣人白其守，使迎高尚。守具安车邀之，不至。一日，弃滨而来，滨人大恐，后二日，滨州兵叛，屠其城。高尚至棣，棣人喜。守为扫邮传，供帐以舍之。高尚见之，笑去，乃即城隅治舍水傍。滨人或持金帛携家室以就其庐者，人往往笑之。既而敌骑大至，城且陷，人之死于兵者以万数，而火不及其居，就之者果赖以免。敌人见高尚，皆下马罗拜，不敢入其里。高尚尝有言曰："世之人以嗜欲杀身，以货财杀子孙，以政事杀人，以学问文章杀天下后世。"识者尊为名言，镂板以传。竹坡周少隐既为之传，又推广其言，而为之说曰："此佛菩萨、老聃、庄周之徒所以救溺起死还真之论，岂区区为世俗言语文章者所能至哉！夫畏涂者，十杀一人，则父子兄弟相戒，必盛卒徒而后敢出焉；至于衽席之上，饮食之间，其祸有甚于畏涂者而不知戒，则是终不知嗜欲之能杀身矣！黩货嗜利之士，食厚禄而取民财，虽丧亡之祸仅免其身，而千金之产不足以供不肖子一醉之费。人祸天殃，不在其身而在其后，则货财岂不足以杀其子孙哉？秦自商鞅之事孝公，始用刑名，而李斯之事始皇，赵高之事二世，皆以是道。百年之间，天下之人不死于刑而死于兵，盖不知其几千百万。桑弘羊开利说以中主欲，不过欲自售一身而已，祸流后世；至唐，宇文融、皇甫镈之徒，皆用其说，以取尊位，而天下自是数蒙诛求之祸。其杀人固无异于以梃与刃，行政之弊一至于是，岂不痛哉！昔人有欲注《周易》与《本草》者，或劝其注《本草》，曰：'注《本草》误，不过杀一人；注《周易》而误，则其祸道也大矣！不然，孟子之辟杨、墨，子云之诋申、韩，退之之斥佛、老，其忧天下后世之意，何其深且切哉！后世断章析句、背正失理之学兴，其徒从而和之，更相标榜，迭相师授，以盗名声而取富贵，浸不可救。岂非至人之前知，知其必有斯祸而为是说乎？'紫芝闻先生之言，尝私窃以为嗜欲之杀身、货财之杀子孙，与夫政事之杀人三者，人犹得而知之。若夫学问文章杀天下后世，则周公、孔子之言也。先生农家子，未尝读书事师，而有是言，岂神仙中之知道者乎？此与夫熊经鸟伸，吐故纳新，区区积岁月之功而欲著名于仙籍者，固有间矣。"

事有专验于一数

天下事，固莫不有数，然士大夫或有终身专验于一数者，殆不可晓。韩康公行第三，发解、过省、殿试皆第三，以元祐三年三月薨，皆三数。故苏子容作挽诗云："三登庆历三人第，四入熙宁四辅尊。"何清源第五，微时从人筮穷达，其人云："公不第五？"何曰："然。"其人拊掌大笑，连称奇绝，因曰："公凡遇五，即有喜庆。"何以熙宁五年乡荐；余中榜第五人及第；五十五岁随龙；崇宁五年拜相；每迁官或生子，非五年即五月或五日。其验如此。二事不知何故，深于数者，必能知之。

谭　命

近世士大夫多喜谭命，往往自能推步，有精绝者。予尝见人言："日者阅人命，盖未始见年月日时同者，纵者一二，必唱言于人以为异。尝略计之：若生时无同者，则一时生一人，一日当生十二人；以岁计之，则有四千三百二十人；以一甲子计之，止有二十五万九千二百人而已。今只以一大郡计，其户口之数尚不减数十万，况举天下之大，自王公大人以至小民，何啻亿兆，虽明于数者，有不能历算，则生时同者，必不为少矣。其间王公大人始生之时，则必有庶民同时而生者,又何贵贱贫富之不同也?"此说似有理。予不晓命术,姑记之,以俟深于五行者折衷焉。

江阴士人强记

江阴士人葛君,忘其名,强记绝人。尝谒郡守,至客次,一官人已先在,意象轩鹜。葛敝衣孑孑来,揖之殊不顾。葛心不平,坐良久,谓之曰:"君谒太守,亦有衔袖之文乎?"其人曰:"然。"葛请观之,其人素自负,出以示,葛疾读一过,即以还之,曰:"大好。"斯须见守,俱白事毕,葛复前曰:"某骫骳之文,此官人窃为己有,适以为贽者是也。使君或不信,某请诵之。"即抗声诵其文,不差一字。四座皆愕视此人,且杂靳之。其人出不意,无以自解,仓皇却退,归而惭恚得疾几死。葛浮沉闾里间,家傍有民张染肆,置簿书识其目。葛尝被酒,偶坐其肆,信手翻阅。一夕民家火作,凡所有之物并文书皆烬焉。物主竞来索数倍责偿,民无以质验,忧挠不知所出,其子谋诸父曰:"吾闻里中葛秀才,天性能记,渠昨过吾家,尝阅此籍,或能记忆,盍以情叩乎?"即日父子诣葛,言其状,葛笑曰:"汝家张染肆,且吾何从知其数邪?"民拜且泣,葛又笑曰:"汝以壶酒来,当能知之。"民喜,亟归携酒肴至。葛饮毕,命取纸笔,为疏某月某日某人染某物若干,某月某日某人染某物若干,凡数百条,所书月日、姓氏、名色、丈尺,无毫发差。民持归,呼物主读以示之,皆叩头骇伏。胡苍梧记张文定诸公取相国寺前染簿,各记十版。此或出于用意,故能默识,非若葛之无心而然。信天禀,记问不可及也,邦人至今谈其事云。

本　草　误

张文潜好食蟹,晚苦风痹,然嗜蟹如故,至剔其肉,满贮巨杯而食之。尝作诗云:"世言蟹毒甚,过食风乃乘。风淫为末疾,能败股与肱。我读《本草》书,美恶未有凭。筋绝不可理,蟹续牢如绠。骨萎用蟹补,可使无骞崩。凡风待火出,热甚风乃腾。中炎若遇蟹,其快如霜冰。俗传未必妄，但恐殊爱憎。《本草》起东汉，要之出贤能。虽失谅不远，尧、跖终殊称。书生自信书，俚说徒营营。"文潜为此诗，殆嗜蟹之癖而为之辨耶，抑真信《本草》也？如河豚之目并其子凡血皆有毒，食者每剔去之；其肉则洗涤数十过，俟色如雪，方敢烹。故梅圣俞诗云："烹鲊苟失所，入喉为镆铘。"而《大观本草》乃云河豚性温无毒，所谓注《本草》误而能杀人者，殆此类邪？

张 文 潜 粥 记

张文潜《粥记赠潘邠老》云："张安道每晨起，食粥一大碗。空腹胃虚，谷气便作，所补不细。又极柔腻，与脏腑相得，最为饮食之良。妙齐和尚说，山中僧每将旦一粥，甚系利害，如或不食，则终日觉脏腑燥渴。盖能畅胃气，生津液也。今劝人每日食粥，以为养生之要，必大笑。大抵养性命，求安乐，亦无深远难知之事，正在寝食之间耳。"或者读之，果笑文潜之说。然予观《史记》，阳虚侯相赵章病，太苍公诊其脉曰："法五日死。"后十日乃死。所以过期者，其人嗜粥，故中藏实，中藏实故过期。师言曰："安谷者过期，不安谷者不及期。"由是观之，则文潜之言，又似有证。后又见东坡一帖云："夜坐饥甚，吴子野劝食白粥，云能推陈致新，利膈养胃。僧家五更食粥，良有以也。粥既快美，粥后一觉，尤不可说，尤不可说！"

著 书 称 谓

古人文字间，于辈行称谓极严，凡视予犹父者，则名之。马大年尝论退之作诗，名籍、彻而字东野，则知东野乃其友，而籍、彻辈则弟子也。大观、政和间，有达官著书，于欧阳叔弼、苏叔党，皆直名之，如曰"予见棐言"，又曰"予见过当问之"之类。此达官于六一、东坡，既非辈行，以前辈著书之法观之，恐不当名其子也。

作 字 提 笔 法

陈寺丞昱，闲乐先生伯修之子也。少好学书，尝于闲乐枕屏，效米元章笔迹，书少陵诗。一日，元章过闲乐，见而惊焉。闲乐命出拜，元章即使之书，喜甚，因授以作字提笔之法，曰："以腕著纸，则笔端有指力无臂力也。"陈问曰："提笔亦可作小楷乎？"元章笑，因顾小史索纸，书其所作《进黼扆赞表》，笔画端谨，字如蝇头，而位置规橅皆若大字。父子相顾叹服，因请其法，元章曰："此无他，惟自今已往，每作字时，不可一字不提笔，久久当自熟矣。"

何 秘 监 语

蜀人何道夫秘监耕常言："一切世间虚幻，留之不住，将之不去。士大夫惟当做留得住、将得去底事耳。"又云："官不必高，但愿衣冠不绝而常为士类；家不必富，但愿衣食粗足而可以及人。"道夫平生香火祷祈，每及于此。乐善者镂版，以传其言。道夫仕宦得任子恩，辄先及犹子；既殁，三子泽皆不及。已而德彦、德固联登淳熙丁未进士第；绍熙庚戌，德方亦决科，识者知其为善之报焉。

官 户 杂 户

律文有官户、杂户、良人之名。今固无此色人，谳议者已不用此律，然人罕知其故。按唐制，凡反逆相坐，没其家为官奴婢。反逆家男女及奴婢，没家皆谓之官奴婢，男年十四以下者配司农；十五以上者，以其年长，令远京邑，配岭南为城奴也。一免为番户，再免为杂户，三免为良人，皆因赦宥所及则免之。凡免，皆因恩言之，得降一等、二等，或直入良人。诸律、令、格、式有言官户者，是番户、杂户之总号，非谓别有一色。盖本于此。

惟　扬　澄　江

　　古今称扬州为惟扬，盖掇取《禹贡》"淮海惟扬州"之语。然此二字殊无义理，若谓可用，则他州亦可称惟徐、惟青之类矣。又多以江阴为澄江，意取谢玄晖"静如练"之句。然玄晖作诗，初不指此地而言也。滁州环城多山，故《醉翁亭记》首言"环滁皆山也"，流俗至以"环滁"目是邦，此尤可笑。

戚　氏　词

　　程子山敦厚舍人《跋东坡满庭芳词》云："予闻之苏仲虎云，一日有传此词，以为先生作，东坡笑曰：'吾文章肯以藻绘一香篆槃乎？'然观其间，如'画堂别是风光'及'十指露'之语，诚非先生肯云。"子山之说，固人所共晓，予尝怪李端叔谓东坡在中山，歌者欲试东坡仓卒之才，于其侧歌《戚氏》，坡笑而颔之。邂逅方论穆天子事，颇摘其虚诞，遂资以应之，随声随写，歌竟篇，才点定五六字。坐中随声击节，终席不间他辞，亦不容别进一语，临分，曰："足以为中山一时盛事。"然予观其词，有曰"玉龟山，东皇灵媲统群仙"。又云"争解绣勒香鞯"；又云"銮辂驻跸"；又云"肆华筵。间作脆管鸣弦。宛若帝所钧天"；又云"尽倒琼壶酒，献金鼎药，固大椿年"；又云"浩歌畅饮"，"回首尘寰"，"烂漫游、玉辇东还"。东坡御风骑气，下笔真神仙语。此等鄙俚猥俗之词，殆是教坊倡优所为，虽东坡灶下老婢亦不作此语，而顾称誉若此，岂果端叔之言邪？恐疑误后人，不可以不辨。

薛　能　诗

　　野史、杂说，多有得之传闻，初未尝考究其实，而相承以为然者。世传秦宗权始为薛能吏，坐法笞背，薛因唱云："素脊鸣秋杖。"良久不继，因幕吏白事，续云："乌靴响暮厅。"乃命决行。其后，宗权起兵，首捕薛,令举前诗,因又续云:"刃飞三尺雪,白日落文星。"遂害之。按《唐史》,广明元年九月,忠武大将周岌逐其节度使薛能,能将奔襄阳,乱兵追杀之。先是,军未变,秦宗权以许牙将调发至蔡,闻能死,许州乱,托云赴难募蔡兵,遂逐刺史据其城,因以宗权为蔡州刺史。然则能死于许州时,宗权自在蔡州,安有联诗、被害之事邪?杂说中如此类甚多,殆不胜掊击也。

陈子车殉葬

《檀弓》:"陈子车死于卫,其妻与其家大夫谋以殉葬。定而后陈子亢至,以告曰:'夫子疾,莫养于下,请以殉葬。'子亢曰:'以殉葬,非礼也。虽然,则彼疾,当养者,孰若妻与宰?得已,则吾欲已;不得已,则吾欲以二子者之为之也。'于是弗果用。"耶律德光之母述律,左右有过者多送木叶山,杀于阿保机墓隧中,曰:"为我见先帝于地下。"后以事怒大将赵思温,使送木叶山,思温辞不肯行,述律曰:"汝先帝亲信,安得不往见之?"思温对曰:"亲莫如后,后何不行?"述律曰:"我本欲从先帝于地下,以子幼,国中多故,未能也。然可断吾一臂,以送之。"左右切谏,乃断其一腕,而释思温不杀。此二事略同。思温虽本中国人,然武夫安识前言往行?盖理之所在,有不约而同耳。

乌江项羽神

和州乌江县英惠庙,其神盖项羽也,灵响昭著。绍兴辛巳,敌犯淮南,过庙下驻军,入致祷,掷珓数十,皆不吉,怒甚,取火欲焚其庙。俄大虺见于神座,耸身张口,目光射人,敌骇怖而出。随闻大声发于庙后,若数百人同时喑呜叱咤者,举军震恐,即移屯东去,竟不敢宿其地云。郡上其事于朝,诏封神为灵祐王,邦人益严奉之。

二　儒　为　僧

近世儒者绝意声利、飘然游方之外者，有二人焉。饶节字德操，临川人，以文章著名，曾子宣丞相礼为上客，陈了翁诸公皆与之游，往来襄、邓间。始亦有婚宦意，遇白崖长老与之语，欣然有得。尝令其仆守舍，归，见其占对异常，怪而问之，仆曰："守舍无所用心，闻邻寺长老有道价，往请一转语，忽尔觉悟，身心泰然无他也。"德操慨然曰："汝能是，我乃不能，何哉？"径往白崖问道，八日而悟，尽发囊橐，与其仆祝发为浮屠，德操名如璧，仆名如琳，遍参诸方，陈了翁、关子开兄弟皆以诗称美之。至江浙，乐灵隐山川，因挂锡焉。琳抱疾，德操躬进药饵，既卒，尽送终之义。后主襄阳天宁，夏均父倪为请疏，其略云："无复挟书，更逐康成之后；何忧成佛，不居灵运之先。"又云："岂惟江左公卿，尽倾支遁；独有襄阳耆旧，未识道安。"时称其精当。德操自号倚松道人，所为诗文皆高迈，号《倚松集》云。吴元中丞相之弟名叙，字元常，亦能诗，有"水竹清瘦霜松孤"之句。除南京敦宗院教授，未赴，忽弃官为僧，法名正光，历住万年、国清诸刹，晚主衢之乌巨寺。一子亦早夭，其妇守志不嫁，光年益老，感疾，妇必躬造饮馔以进，积久不懈。后元中丞相薨，当家无人，其祖母韩夫人奏乞元常归故官，诏许之，元常迄不就。凡住名刹四十年而终。

天　生　对

前人记"崔度崔公度，王韶王子韶"，以为的对。绍兴中，冯侍郎檝、罗侍御汝楫在朝，或戏为语云："侍郎侍御檝汝楫。"无能对者。时范检正同、陈检详正同俱为二府掾属，徐敦济康续云："检正检详同正同。"时以为天生此对也。

唐 重 氏 族

唐自太宗命高士廉等撰《氏族志》，本恶山东人士崔、卢、李、郑自矜地望，乃更以皇族为首，是亦自矜陇西著姓也。然魏徵、房玄龄家皆盛，与山东诸族为昏，由是旧望不减。至显庆中，许敬宗等又升后族为第一等，于是益尚门阀，谄谀之徒不称人以官，而呼之为郎，犹奴之事主。盖当时门地高者，以此名为贵重。宋广平呼张易之为卿，天官侍郎郑杲谓宋曰："中丞奈何卿五郎？"宋曰："以官言之，正当为卿。足下非张卿家奴，何郎之有？"杨再思为宰相，而呼张昌宗为六郎。安禄山兼三镇节度使，而呼李林甫为十郎。裴坦之子勋，至呼其父为十一郎。明皇不以天子为贵，而自呼为三郎。当时献《五角六张赋》者，亦呼其君为三郎，流弊可骇如此！

卷十

陆鸿渐为茶所累

人不可偏有所好，往往为所嗜好掩其他长。如陆鸿渐，本唐之文人达士，特以好茶，人止称其能品泉别茶尔。所著书甚多，曰《君臣契》三卷、《姓源解》三十卷、《江表四姓谱》十卷、《南北人物志》十卷、《吴兴历官记》三卷、《潮州刺史记》一卷、《茶经》三卷、《占梦》三卷，然世所传者特《茶经》，他书皆不传，盖为《茶经》所掩也。巩县有瓷偶人号陆鸿渐，买十茶器得一鸿渐，市人沽茗不利，辄灌注之。鸿渐嗜茶，而终遭困辱。嗜好之弊至此，独不可笑乎？

范　信　中

范寥字信中，蜀人，其名字见《山谷集》。负才豪纵不羁，家始饶给，从其叔分财，一月辄尽之。落莫无聊赖，欲应科举，人曰："若素不习此，奈何？"范曰："我第往。"即以成都第二名荐送。益纵酒，遂殴杀人，因亡命，改姓名曰"花但石"，盖增损其姓字为廋语。遂匿傍郡为园丁，久之，技痒不能忍，书一诗于亭壁，主人见之愕然，曰："若非园丁也。"赠以白金半笏遣去。乃往称进士，谒一巨公，忘其人。巨公与语，奇之，延致书室教其子。范暮出，归辄大醉，复殴其子，其家不得已，遣之。遂椎髻野服诣某州，持状投太守翟公恩，求为书吏。翟公视其所书绝精，即留之。时公巽参政立屏后，翟公视事退，公巽前问曰："适道人何为者？"翟公告以故，公巽曰："某观其眸子，非常人，宜诘之。"乃召问所以来，范悉对以实。问习何经，曰治《易》、《书》。翟公出五题试之，不移时而毕，文理高妙，翟公父子大惊，敬待之。已而归南徐，置之郡庠，以钱百千畀州教授，俾时赒其急阙，且嘱之曰："无尽予之，彼一日费之矣！"顷之，翟公得教授者书云："自范之留，一学之士为之不宁。已付百千与之去，不知所之矣。"未几，翟公捐馆于南徐，忽有人以袖掩面大哭，排闼径诣缞帷，阍者不能禁，翟之人皆惊。公巽默念此必范寥，哭而出，果范也，相劳苦，留之宿。天明，则翟公几筵所陈白金器皿，荡无孑遗，访范亦不见。时灵帏婢仆、门内外人亦甚多，皆莫测其何以能携去而人不之见也。遂径往广西见山谷，相从久之。山谷下世，范乃出所携翟氏器皿尽货之，为山谷办后事。已而往依一尊宿，忘其名。师素知其人，问曰："汝来何为？"曰："欲出家耳！""能断功名之念乎？"曰："能。""能断色欲之念乎？"曰："能。"如是问答者十余反，遂名之曰恪能。居亡何，尊宿死。又往茅山，投落托道人，即张怀素也，有妖术，吕吉甫、蔡元长皆与之往来。怀素每约见吉甫，则于香合或茗具中见一圆药，跳掷久之，旋转于卓上，渐成小人；已而跳跃于地，駸駸长大与人等，视之则怀素也。相与笑语而去，率以为常。时怀素方与吴储伾谋不轨，储伾见范愕然，私谓怀素曰："此怪人，胡不杀之？"范已密知之矣。一夕，储伾又与怀素谋，怀素出观星象曰："未可。"范微闻之，明日乃告之曰："某有秘藏遁甲文字在金陵，此去无多地，愿往取之。"怀素许诺。范既脱，欲诣阙，而无裹粮。汤侍郎东野时为诸生，范走谒之，值汤不在，其母与之万钱。范得钱，径走京师上变。时蔡元长、赵正夫当国，其状止称右仆射，而不及司空、左仆射，盖范本欲并告蔡也。是日，赵相偶谒告，蔡当笔，据案问曰："何故忘了司空耶？"范抗声对曰："草茅书生，不识朝廷仪。"蔡怒目嘻笑曰："汝不识朝廷仪！"即下吏捕储伾等。狱具，怀素将就刑，范往观之，怀素谓曰："杀我者乃汝耶？"范笑曰："此朝廷之福尔！"又谓刑者曰："汝能碎我脑盖，乃可杀我。"刑者以刃斫其脑不入，以铁椎击之，又不碎，然竟不能神，卒与储伾等坐死。洎第赏，范曰："吾不能知，此汤东野教我也。"遂急逮汤，汤惶骇不测其由，既至，白身为宣德郎、御史台主簿。范但得供备库副使、勾当在京延祥观，后为福州兵钤。其人纵横豪侠，盖苏秦、东方朔、郭解之流云。

投 水 屈 原

有士人尝以非辜至讼庭，守不直之，士人愤懑，大声称屈，守怒曰："若为士，乃敢尔！为我属对，不能，且得罪。"因唱曰："投水屈原真是屈。"士人应声曰："杀人曾子又何曾。"守曰："吾句有二屈字，而汝句尾乃曾音层。字，汝之不学明矣！顾何所逃罪邪？"士人笑曰："此乃使君不学尔！按屈姓，流俗皆如字呼，而屈到、屈原，皆九勿切，使君尝研究否？"守惭，释遣之。

祠 庙 之 讹

祠庙之讹甚多，"彭郎小姑"，固世所共知。其最可笑者，郿中有西门豹祠，乃于神像后出一豹尾；舂陵有象祠，乃塑一象，垂鼻轮囷。流俗之无知，亦已甚矣！

伏 波 崔 府 君 庙

后汉马文渊、路博德，皆尝为伏波将军，又皆有功于岭南，海上有伏波祠，古今所传，莫能定于一。东坡作碑，谓两伏波均当庙食。政和中，因修《九域图志》，以睢阳双庙为例，令祀两神。盖义理当于人心，虽是时正讳东坡议论，而亦不能废也。绍兴乙卯，董令升舍人棻为吏部郎，以尝持节广西，乞两庙封爵一等，诏从之。然不知政和未并建庙以前，竟孰当此血食也。磁州有崔府君庙，邦人严奉，又京师北郊亦建庙，中兴驻跸临安，加封真君，筑祠西湖上，像设尤严。或以其神为崔子玉，非也，神乃唐贞观中相州滏阳令，迁蒲州刺史，有惠爱于滏阳，后为磁州，民为立祠，殁，因葬其地。本朝景祐二年七月诏曰："眷是灵祠，本于外服，且以惠存滏邑，恩结蒲人，生著令猷，没司幽府。案求世系，虽史逸其传；尸祝王官，而民赖其福。崔府君宜特封护国显应公，有司遣官祭告。"然迄莫知其名字。

临 安 旌 忠 庙

绍兴初,张、杨、郭三大将,建永乐三侯庙于临安柴垜桥之东,赐额旌忠,各有封爵。三侯者,高将军名永能,程阁使名博古,景崇仪名思谊。高,西州人,世总蕃落,边人赖以安。程,河南人,文简其诸父也,世业儒,独程以材武奋。景,普州人,其大父讷有将材,西人畏之。永乐之役,徐德占拔一时名将以行,故三侯皆被选。程首与虏战殁。高以策不用,知必败,以弓弦绝脰死。景入说贼,被害。旧庙建于延安之肤施县,有古雍施巨济所作记云;然今临安新庙无复此碑,而故老犹能诵其略。三侯既庙食西边,每王师与虏战,屡施阴助。诸将来东南讨方腊,亦著灵异,故相与作庙于临安。庙初成,有匠者醉溺于庭,立死。时时有三蛇出没殿庑,或行庭下,大者长尺许,鳞鬣齿爪悉具,通身小方胜如金色;其次长八九寸,又其次稍小,自首至尾,其脊皆有金线,身纹尽同,惟次者尾稍秃。天宇晴明,变化数百,往来游戏于庭卉芭蕉间,或缘幡而上。近岁乃不复出。人或谓为陕西三龙王,盖三侯以节死,其英魂忠魄,变幻飞潜,无所不可。东坡铭张龙公云:"相彼幻身,何适不通。地行为人,天飞为龙。惠于有生,我则从之。"信哉! 今迁庙于丰乐桥之东北,故觉苑寺基也。

二 相 公 庙 乞 梦

京师二相公庙,世传子游、子夏也。灵异甚多,不胜载,于举子问得失,尤应答如响,盖至今人人能言之。大观间,先大父在太学,有同舍生将赴廷试,乞梦于庙,夜梦一童子传言云:"二相公致意先辈,将来成名在二相公上。"觉而思之:子游、子夏,夫子高弟也;吾成名在其上,必居巍科无疑。窃自喜。暨唱名,乃以杂犯得州文学,大愤闷失意,私念二相之灵,不宜有此。沉吟终夜,忽骇笑曰:"《论语》云'文学子游、子夏',今果居其上乎!"诘旦以语同舍,皆大笑曰:"神亦善谑如此哉!"

蜀僧东明寺题诗

蔡元长南迁,道出长沙,卒于城南五里东明寺,遂草殡于寺之观音殿后。有蜀僧游方过之,慨然因题诗于壁曰:"三十年前镇益州,紫泥丹诏凤池游。大钧播物心难一,六印悬腰老未休。佐主不能如傅说,知儿那得似留侯? 功名富贵今何在,寂寂招提一土丘。"

梵 志 诗

山谷以茅季伟事亲,引梵志翻袜之句,人喜道之。予尝见梵志数颂,词朴而理到,今记于此。其一曰:"欺诳得钱君莫羡,得了却是输他便。来生报答甚分明,只是换头不识面。"又曰:"多置庄田广修宅,四邻买尽犹嫌窄。雕墙峻宇无歇时,几日能为宅中客?"又曰:"造作庄田犹未已,堂上哭声身已死。哭人尽是分钱人,口哭元来心里喜。"又曰:"众生头兀兀,常住无明窟。心里为欺谩,口中佯念佛。"又曰:"世无百年人,强作千年调。打铁作门限,鬼见拍手笑。"又曰:"劝君休杀命,背面彼生嗔。吃他他吃汝,循环作主人。"又曰:"他人骑大马,我独跨驴子。回顾担柴汉,心下较些子。"又曰:"家有梵志诗,生死免入狱。不论有益事,且得耳根熟。白纸书屏风,客来即与读。空饭手捻盐,亦胜设酒肉。"

王 虚 中

王虚中名日休,龙舒人。早为太学诸生,传注经子数十万言,然不利于场屋。晚以特奏名廷试,不用条对式,但如科举答策,坐是竟不得官。独好佛,著净土文,直指西方净土,慧辩了然,观者起敬。或自力,或劝人哀金,走建安,刊净土文板逾二十副,愿力洪深。修行尤精苦,讽诵礼拜,夜以继昼。馆于庐陵某通守家,一日,谒通守谓之曰:"某去矣,以后事累公。"通守愕然。虚中乃著白衫诣佛堂,合掌念佛,顷之,立化于植木矣。倾城纵观,累日不能遏。通守亦明眼人,乃命具棺,指虚中谓人曰:"先生平时照了诸妄,坐卧自如,今请先生卧。"即举而入棺。予旧见建安陈应行季陆道此,后访南北山云游诸僧,欲问其岁月并通守姓名,漫无知者,记其大略如此。

惠历寺轮藏

临江军惠历寺,初造轮藏成,寺僧限得千钱则转一匝。有营妇丧夫,家极贫,念为转藏,以资冥福,累月辛苦收拾,随聚随费,终不满一千。迫于贫乏,无以自存,嫁有日矣,而此心眷眷不能已。遂携所聚之金,号泣藏前,掷金于地,轮藏自转,阖寺骇异,自是不复限数云。

江 东 丛 祠

江东村落间有丛祠,其始,巫祝附托以兴妖,里民信之,相与营葺,土木寖盛。有恶少年不信,一夕被酒入庙,肆言诋辱。巫骇愕不知所出,聚谋曰:"吾侪为此祠,劳费不赀,一旦为此子所败,远迩相传,则吾事去矣!"迨夜,共诣少年,以情告曰:"吾之情状,若固知之,傥因成吾事,当以钱十万谢若。"少年喜,问其故,因教之曰:"汝质明复入庙,詈辱如前,凡庙中所有酒肴,举饮啖之,斯须则伪为受械祈哀之状,庶印吾事。今先赂汝以其半。"少年许诺,受金。翼日,果复来庙廷,袒裼踞呼,极口丑诋不可闻。庙傍民大惊,观者踵至。少年视神像前方祭赛罗列,即举所祀酒悉饮之,以至肴馔无孑遗。旋俯躬如受絷者,叩头谢过。忽黑血自口涌出,七窍皆流,即仆地死。里人益神之,即日喧传傍郡,祈禳者云集。庙貌绘缋极严,巫所得不胜计。越数月,其党以分财不平,诣郡反告,乃巫置毒酒中杀其人。捕治引伏,魁坐死,余分隶诸郡,灵响讫息。

作 赋 赎 罪

旧传滕达道未遇时,与诸生讲学于僧舍,主僧出,诸生夜盗其犬而烹之。事闻,有司欲治其罪,滕公为丐免。守素闻其能赋,因谕之曰:"如能为《盗犬赋》,则将释之。"滕公即口占其辞曰:"僧既无状,犬诚可偷。辍蓝宫之夜吠,充绛帐之晨羞。抟饭引来,犹掉续貂之尾;索绹牵去,难回顾兔之头。"守大笑,即置不问。今人相传为口实。绍兴初,予妻之祖强公叔章通守㦯为临安录事参军,时予祖母之弟陈公宗卿侍郎之渊为府学教授。适学帑被盗,逻者夜搜沟中,而所盗金在焉,府学生黄其姓者,立于傍,遂录送府系之狱。生自辨数,然踪迹颇疑似。强公与府司户毛季中谋曰:"行之,则污辱士类,为学校羞矣。"因引滕公作赋故事,言于府,乞俾之试。府主张公如莹尚书澄许之,俾诣都厅试,以"取伤廉"为题,生仓皇不成文,强公潜代为之。其一联云:"门人窃屦,何伤孟子之贤? 同舍诬金,始见直生之量。"张公见之喜,即于赋后判云:"黄某盗金,情状颇著;曹官试赋,文理稍佳。免送所司,押归本学,聊从五等,薄示诸生。"遂以付学,陈公亦阴纵之。以此见前辈之盛德,持心皆近厚也。

俚 语 盗 智

俚语谓盗虽小人,智过君子。此语固可鄙笑,然盗之奸诈,实有出人意表者,可诛也。高邮民尉九,疾足善走,日驰数百里,气势猛壮,非得树不能止;为盗,寖淫傍郡,淮人皆苦之。其居高邮阛阓间,日则张食肆,夜则为盗。一日晨起,方坐肆间,有道人来食汤饼,食已,邀尉至闲处,呼为师父,且拜之。尉讶之曰:"何为者?"道人曰:"某亦有薄技,然出师下远甚。闻楚州城外有一富家,今愿偕师行,庶凭藉有所获。"尉许诺,使之先往,道人即驰去。逮夜,尉张灯闭肆,怒其仆执事不谨,殴之,仆纷拏不服,乃呼逻者,厢官俱系之,须翼日送郡。尉密谓逻曰:"吾与若厚,且家于此,必不窜,若姑纵吾归,明当复至也。"逻许之。尉得释，即逾城驰二百里至楚城外，鼕鼕方二鼓矣。道人果先在，相见喜甚。尉自屋窗入，约道人伺于外。既入其室，视所藏金珠锦绮，烂然溢目，即以百缣掷出，道人分两囊负之。斯须，尉复由屋窗出。道人思天下惟尉为愈己，不如杀之，即拔刃断其首，随坠地，视之，则纸所为也。尉由他户复驰归高邮就逮，天方辨色。道人负重行迟，为追者所及，执送楚州狱，自列与尉同为盗状，州为檄高邮，高邮报云："是夕，尉自与仆有讼，方系有司，无从可为盗也？"道人终始堕其计，卒自伏辜。尉狡险万端，有术以自将，屡为穿窬，官卒不能捕。又有士夫调官都下，所居逆旅前张茗坊，与染肆相直，士无事日，凭茶几阅过者。一日，见数人往来其前数四，若睥睨染肆者，殊讶之，一夫忽前，耳语曰："某辈经纪人也，欲得此家所暴缣帛，告官人勿言。"士曰："此何预吾事，而肯饶舌耶？"其人拱谢而退。士私念："彼所染物皆高揭于通衢之前，白昼万目共睹，彼若有术可窃，则真黠盗也。"因谛观之，但见其人时时经过，或左或右，渐久渐疏，薄暮则皆不见。士笑曰："彼妄人，果绐我。"即入房，将索饭，则其室虚矣。

历代笔记小说大观总目

汉魏六朝

西京杂记(外五种) 〔汉〕刘歆 等撰 王根林 校点

博物志(外七种) 〔晋〕张华 等撰 王根林 等校点

拾遗记(外三种) 〔前秦〕王嘉 等撰 王根林 等校点

搜神记·搜神后记 〔晋〕干宝 陶潜 撰 曹光甫 王根林 校点

世说新语 〔南朝宋〕刘义庆 撰 〔梁〕刘孝标注 王根林 标点

唐五代

朝野佥载·云溪友议 〔唐〕张鷟 范摅 撰 恒鹤 阳羡生 校点

教坊记(外七种) 〔唐〕崔令钦 等撰 曹中孚 等校点

大唐新语(外五种) 〔唐〕刘肃 等撰 恒鹤 等校点

玄怪录·续玄怪录 〔唐〕牛僧孺 李复言 撰 田松青 校点

次柳氏旧闻(外七种) 〔唐〕李德裕 等撰 丁如明 等校点

酉阳杂俎 〔唐〕段成式 撰 曹中孚 校点

宣室志·裴铏传奇 〔唐〕张读 裴铏 撰 萧逸 田松青 校点

唐摭言 〔五代〕王定保 撰 阳羡生 校点

开元天宝遗事(外七种) 〔五代〕王仁裕 等撰 丁如明 等校点

北梦琐言 〔五代〕孙光宪 撰 林艾园 校点

宋元

清异录·江淮异人录 〔宋〕陶毅 吴淑 撰 孔一 校点

稽神录·睽车志 〔宋〕徐铉 郭彖 撰 傅成 李梦生 校点

困学纪闻　[宋]王应麟 撰　栾保群 田松青 校点

齐东野语　[宋]周密 撰　黄益元 校点

癸辛杂识　[宋]周密 撰　王根林 校点

归潜志·乐郊私语　[金]刘祁　[元]姚桐寿 撰　黄益元 李梦生
　　校点

山居新语·至正直记　[元]杨瑀 孔齐 撰　李梦生 庄葳 郭群一
　　校点

南村辍耕录　[元]陶宗仪 撰　李梦生 校点

明代

草木子(外三种)　[明]叶子奇 等撰　吴东昆 等校点

双槐岁钞　[明]黄瑜 撰　王岚 校点

菽园杂记　[明]陆容 撰　李健莉 校点

庚巳编·今言类编　[明]陆粲 郑晓 撰　马镛 杨晓波 校点

四友斋丛说　[明]何良俊 撰　李剑雄 校点

客座赘语　[明]顾起元 撰　孔一 校点

五杂组　[明]谢肇淛 撰　傅成 校点

万历野获编　[明]沈德符 撰　杨万里 校点

涌幢小品　[明]朱国祯 撰　王根林 校点

清代

筠廊偶笔 二笔·在园杂志　[清]宋荦 刘廷玑 撰　蒋文仙 吴法源
　　校点

虞初新志　[清]张潮 辑　王根林 校点

坚瓠集　[清]褚人获 辑撰　李梦生 校点

柳南随笔 续笔　[清]王应奎 撰　以柔 校点

子不语　[清]袁枚 撰　申孟 甘林 校点

阅微草堂笔记　[清]纪昀 撰　汪贤度 校点

茶余客话　[清]阮葵生 撰　李保民 校点